Das Buch

Zwischen
ist auf Ru
von den Geschlechtern die Rede.

Ausreden! Laß mich ausreden.
Du hast nichts mehr zu sagen.
Du hast Jahrhunderte lang.
Dir schalten wir einfach den Ton ab.

Ohne Text bist du
nicht mal mehr komisch bist du ...

Kennzeichnend für diesen Band ist Grass' Vorliebe, Bildnerisches und Sprachliches in Wechselbeziehung zu setzen, kontrollierend, beschreibend und ergänzend: Gedichte aus dem ›Butt‹ (1977) und der Zeit seiner Entstehung sowie Radierungen aus diesen Jahren.

Der Autor

Günter Grass wurde am 16. Oktober 1927 in Danzig geboren, absolvierte nach der Entlassung aus amerikanischer Kriegsgefangenschaft eine Steinmetzlehre, studierte Grafik und Bildhauerei in Düsseldorf und Berlin. 1956 erschien der erste Gedichtband mit Grafiken, 1959 der erste Roman, ›Die Blechtrommel‹. Seit 1960 lebt Grass in Berlin.

Günter Grass
Ach Butt, dein Märchen geht böse aus

Gedichte und Radierungen

Deutscher Taschenbuch Verlag

Von Günter Grass
sind im Deutschen Taschenbuch Verlag erschienen:
Die Blechtrommel (11821)
Katz und Maus (11822)
Hundejahre (11823)
Der Butt (11824)
Ein Schnäppchen namens DDR (11825)
Unkenrufe (11846)
Angestiftet, Partei zu ergreifen (11938)
Das Treffen in Telgte (11988)
Die Deutschen und ihre Dichter (12027)
örtlich betäubt (12069)
Mit Sophie in die Pilze gegangen (19035)

Ungekürzte Ausgabe
März 1996
Deutscher Taschenbuch Verlag GmbH & Co. KG,
München
© 1993 Steidl Verlag, Göttingen
Erstveröffentlichung: Darmstadt/Neuwied 1983
Umschlaggrafik: Günter Grass
Gesamtherstellung: C. H. Beck'sche Buchdruckerei,
Nördlingen
Printed in Germany · ISBN 3-423-12148-3

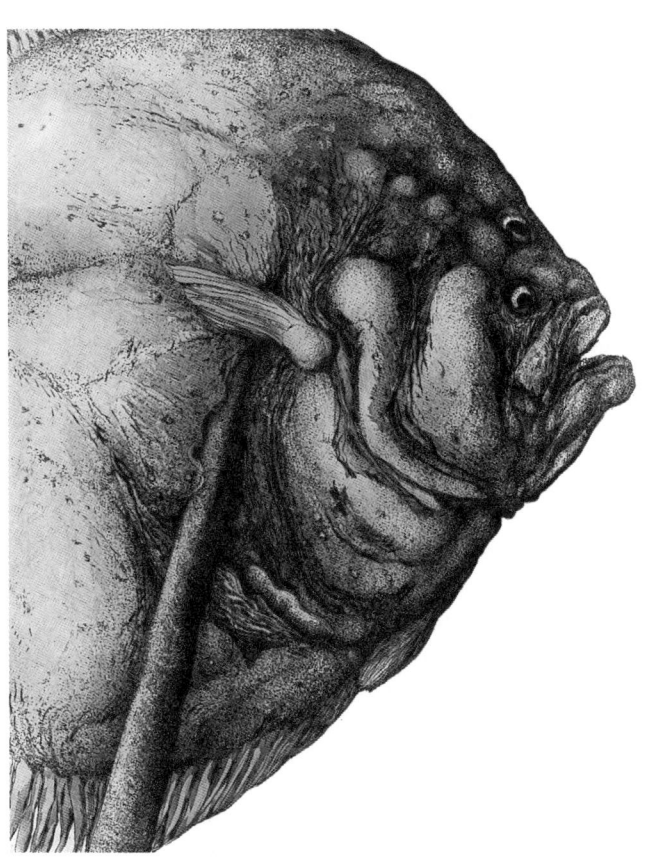

Worüber ich schreibe

Über das Essen, den Nachgeschmack.
Nachträglich über Gäste, die ungeladen
oder ein knappes Jahrhundert zu spät kamen.
Über den Wunsch der Makrele nach gepreßter Zitrone.
Vor allen Fischen schreibe ich über den Butt.

Ich schreibe über den Überfluß.
Über das Fasten und warum es die Prasser erfunden haben.
Über den Nährwert der Rinden vom Tisch der Reichen.
Über das Fett und den Kot und das Salz und den Mangel.
Wie der Geist gallebitter
und der Bauch geisteskrank wurden,
werde ich – mitten im Hirseberg –
lehrreich beschreiben.

Ich schreibe über die Brust.
Über Ilsebill schwanger (die Sauregurkengier)
werde ich schreiben, solange das dauert.
Über den letzten Bissen geteilt,
die Stunde mit einem Freund
bei Brot, Käse, Nüssen und Wein.
(Wir sprachen gaumig über Gott und die Welt
und über das Fressen, das auch nur Angst ist.)

Ich schreibe über den Hunger, wie er beschrieben
und schriftlich verbreitet wurde.
Über Gewürze (als Vasco da Gama und ich
den Pfeffer billiger machten)
will ich unterwegs nach Kalkutta schreiben.

Fleisch: roh und gekocht,
lappt, fasert, schrumpft und zergeht.
Den täglichen Brei,
was sonst noch vorgekaut wurde: datierte Geschichte,
das Schlachten bei Tannenberg Wittstock Kolin,
was übrig bleibt, schreibe ich auf:
Knochen, Schlauben, Gekröse und Wurst.

Über den Ekel vor vollem Teller,
über den guten Geschmack,
über die Milch (wie sie glumsig wird)
über die Rübe, den Kohl, den Sieg der Kartoffel
schreibe ich morgen
oder nachdem die Reste von gestern
versteinert von heute sind.

Worüber ich schreibe: über das Ei.
Kummer und Speck, verzehrende Liebe, Nagel und Strick,
Streit um das Haar und das Wort in der Suppe zuviel.
Tiefkühltruhen, wie ihnen geschah,
als Strom nicht mehr kam.
Über uns alle am leergegessenen Tisch
werde ich schreiben;
auch über dich und mich und die Gräte im Hals.

Aua

Und säße gegenüber drei Brüsten
und wüßte nicht nur das eine, das andere Gesäuge
und wäre nicht doppelt, weil üblich gespalten
und hätte nicht zwischen die Wahl
und müßte nie wieder entweder oder
und trüge dem Zwilling nicht nach
und bliebe ohne den übrigen Wunsch...

Aber ich habe nur andere Wahl
und hänge am anderen Gesäuge.
Dem Zwilling neide ich.
Mein übriger Wunsch ist üblich gespalten.
Und auch ganz bin ich halb nur und halb.
Immer dazwischen fällt meine Wahl.

Nur noch keramisch (vage datiert) gibt es,
soll es Aua gegeben haben: die Göttin
mit dem dreieinigen Quell,
dessen einer (immer der dritte) weiß,
was der erste verspricht und der zweite verweigert.

Wer trug dich ab, ließ uns verarmen?
Wer sagte: Zwei ist genug?
Schonkost seitdem, Rationen.

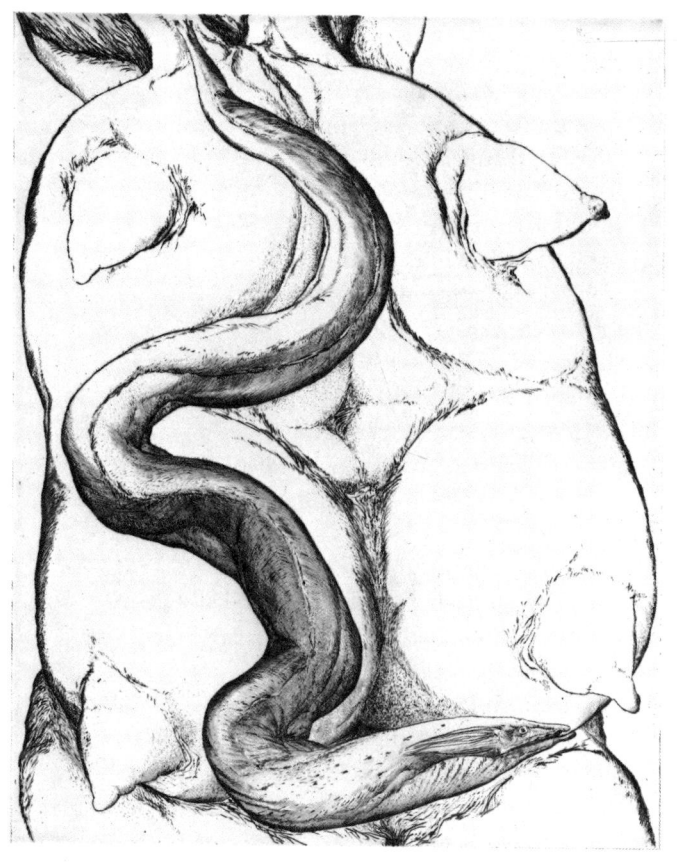

Arbeit geteilt

Wir – das sind Rollen.
Ich und du halten, du die Suppe schön warm –
ich den Flaschengeist kühl.

Irgendwann, lange vor Karl dem Großen,
wurde ich mir bewußt,
während du dich nur fortgesetzt hast.
Du bist – ich werde.
Dir fehlt noch immer – ich brauche schon wieder.
Dein kleiner Bezirk gesichert –
meine ganz große Sache gewagt.
Sorg du für Frieden zuhaus – ich will mich auswärts beeilen.

Arbeit geteilt.
Halt mal die Leiter, während ich steige.
Dein Flennen hilft nichts, da stelle ich lieber den Sekt kalt.
Du mußt nur hinhalten, wenn ich dir von hinten rein.

Meine kleine tapfere Ilsebill,
auf die ich mich voll ganz verlassen kann,
auf die ich eigentlich stolz sein möchte,
die mit paar praktischen Griffen alles wieder heilheil macht,
die ich anbete anbete,
während sie innerlich umschult,
ganz anders fremd anders und sich bewußt wird.

Darf ich dir immer noch Feuer geben?

Vorgeträumt

Vorsicht! sage ich, Vorsicht.
Mit dem Wetter schlägt auch das bißchen Vernunft um.
Schon ist Gefühl zu haben, das irgendwie ist:
irgendwie komisch, unheimlich irgendwie.
Wörter, die brav ihren Sinn machten,
tragen ihr Futter gewendet.
Zeit bricht um.
Wahrsager ambulant.
Zeichen am Himmel – runenhafte, kyrillische –
will wer wo gesehen haben.
Filzschreiber – einer oder ein Kollektiv – verkünden
auf Kritzelwänden der U-Bahnstationen: Glaubt mir glaubt!

Jemand – es kann auch ein Kollektiv sein – hat einen Willen,
den niemand bedacht hat.
Und die ihn fürchten, päppeln ihn hoch mit Furcht.
Und die ihr Vernünftlein noch hüten,
schrauben die Funzel kleiner.
Ausbrüche von Gemütlichkeit.
Gruppendynamische Tastversuche.
Wir rücken zusammen: noch vermuten wir uns.

Etwas, eine Kraft, die noch nicht, weil kein Wort taugt,
benannt worden ist, verschiebt, schiebt.
Das allgemeine Befinden meint diesen Rutsch
(zugegeben: wir rutschen) mehrmals und angenehm
vorgeträumt zu haben: Aufwärts! Es geht wieder aufwärts.

Nur ein Kind – es können auch Kinder im Kollektiv sein –
ruft: Da will ich nicht runter. Will ich nicht runter.
Aber es muß.
Und alle reden ihm zu: vernünftig.

Fleisch

Rohes faules tiefgefroren gekocht.
Es soll der Wolf (woanders der Geier)
anfangs das Feuer verwaltet haben.
In allen Mythen war listig die Köchin:
in nasser Tasche hat sie drei Stückchen Glut,
während die Wölfe schliefen (die Geier
umwölkt waren) bei sich verborgen.
Sie hat das Feuer vom Himmel gestohlen.

Nicht mehr mit langen Zähnen gegen die Faser.
Den Nachgeschmack Aas nicht vorschmecken mehr.
Sanft rief das tote Holz, wollte brennen.
Erst versammelt (weil Feuer sammelt)
zündeten Pläne, knisterte der Gedanke,
sprangen Funke und Namen für roh und gekocht.

Als Leber schrumpfte über der Glut,
Eberköpfe in Lehm gebacken,
als Fische gereiht am grünen Ast
oder gefüllte Därme in Asche gebettet,
als Speck auf erhitzten Steinen zischte
und gerührtes Blut Kuchen wurde,
siegte das Feuer über das Rohe,
sprachen wir männlich über Geschmack,
verriet uns der Rauch,
träumten wir von Metall,
begann (als Ahnung) Geschichte.

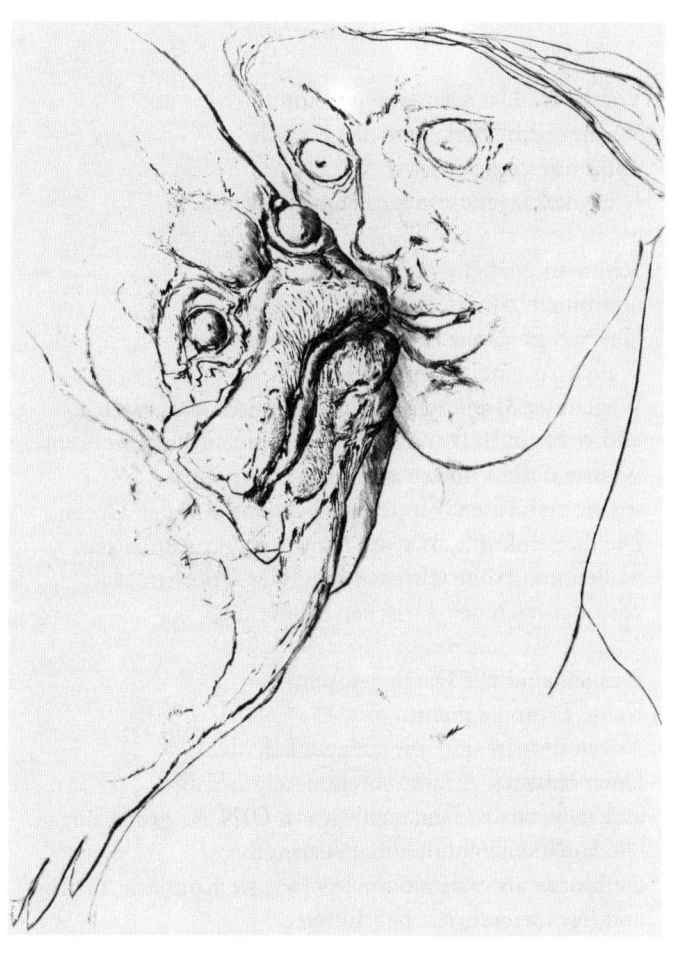

Was uns fehlt

Vorwärts? Das kennen wir schon.
Warum nicht rückentwickeln, rasch
und ohne zu zeitweilen.
Jeder darf irgendwas mitnehmen, irgendwas.

Schon entwickeln wir uns –
und blinzeln links rechts – zurück.
Unterwegs lassen sich einige abwerben:
Wallenstein stellt Regimenter auf.
Wegen der Mode schert jemand gotisch-ekstatisch aus
und wird (in Brabanter Tuch) von einem Pestjahr erwischt.
Während die Völkerwanderung hinläppert,
spaltet sich eine Gruppe (wie bekannt) mit den Goten.
Die ihre Zukunft als späte Marxisten gesucht hatten,
wollen nun frühe Christen sein oder Griechen
vor oder nach der dorischen Säuberung.

Endlich sind alle Daten gelöscht.
Keine Erbfolge mehr.
Angekommen sind wir steinzeitlich blank.
Doch habe ich meine Schreibmaschine dabei
und reiße aus Riesenlauchblättern DIN A4 große Bögen.
Die Faustkeiltechnologie, Feuermythen,
die Horde als erste Kommune (wie sie Konflikte austrägt)
und das ungeschriebene Mutterrecht
wollen beschrieben werden;
auch wenn keine Zeit geht, sofort.

Auf Lauchblätter tippe ich: Die Steinzeit ist schön.
Ums Feuer sitzen: gemütlich.
Weil eine Frau das Feuer vom Himmel geholt hat,

herrschen die Frauen erträglich.
Was uns fehlt (einzig) ist eine griffige Utopie.
Heute – aber das gibt es nicht: heute –
hat jemand, ein Mann, seine Axt aus Bronze gemacht.
Jetzt – aber das gibt es nicht: jetzt –
diskutiert die Horde, ob Bronze Fortschritt ist oder was.

Ein Amateur, der wie ich aus der Gegenwart kommt
und seine Weitwinkelkamera mitgenommen hat,
will uns, weil die Geschichte knallhart begonnen hat,
der kommenden Zeit überliefern:
in Farbe oder schwarzweiß.

Gestillt

Die Brust meiner Mutter war groß und weiß.
Den Zitzen anliegen.
Schmarotzen, bevor sie Flasche und Nuckel wird.
Mit Stottern, Komplexen drohen,
wenn sie versagt werden sollte.
Nicht nur quengeln.

Klare Fleischbrühe läßt die Milch einschießen
oder Sud aus Dorschköpfen trüb gekocht,
bis Fischaugen blind
ungefähr Richtung Glück rollen.

Männer nähren nicht.
Männer schielen heimwärts, wenn Kühe
mit schwerem Euter die Straße
und den Berufsverkehr sperren.
Männer träumen die dritte Brust.
Männer neiden dem Säugling
und immer fehlt ihnen.

Unsere bärtigen Brustkinder,
die uns steuerpflichtig versorgen,
schmatzen in Pausen zwischen Terminen,
an Zigaretten gelehnt.

Ab vierzig sollten alle Männer wieder gesäugt werden:
öffentlich und gegen Gebühr,
bis sie ohne Wunsch satt sind und nicht mehr weinen,
auf dem Klo weinen müssen: allein.

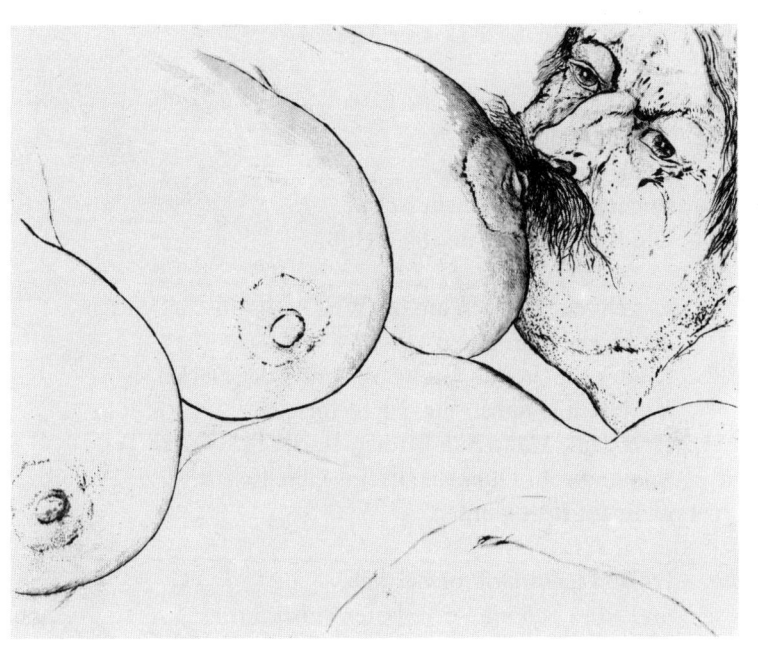

Doktor Zärtlich

Fehlt was?
Was fehlt denn?
Dein Atem im Nacken.
Etwas, das lutscht kaut leckt.
Die Kälberzunge, der Mäusebiß.

Es geht ein Wunsch um die Welt nach Nuschelworten,
die keinen Sinn geben.
Kinder lispeln ihn, Greise, die unter der Decke
mit ihrem Daumen für sich bleiben.
Und deine Haut, nun befragt, erschrickt unterm Test:
Scheu, die im Dunkeln (als uns Gesellschaft verging)
nicht abgelegt wurde.

Jemand heißt Doktor Zärtlich
und lebt noch immer verboten versteckt.

Was fehlt,
nennt die zählende Wissenschaft: Streicheleinheiten,
für die es keinen,
vorerst keinen Ersatz gibt.

Demeter

Mit offenem Auge
erkennt die Göttin,
wie blind der Himmel ist.

Rings werfen Wimpern versteinert Schatten.
Kein Lid will fallen und Schlaf machen.

Immer Entsetzen,
seitdem sie den Gott
hier auf dem Brachfeld sah,
wo die Pflugschar gezeugt wurde.

Rundum ist das Maultier willig über der Gerste.
Das ändert sich nicht.

Wir, aus dem Kreis gefallen,
machen ein Foto
überbelichtet.

Wie ich mich sehe

Spiegelverkehrt und deutlicher schief.
Schon überlappen die oberen Lider.
Das eine Auge hängt müde, verschlagen das andere wach.
Soviel Einsicht und Innerei,
nachdem ich laut wiederholt
die Macht und ihren Besitz verbellt habe.
(Wir werden! Es wird! Das muß!)

Seht die porigen Backen.
Noch oder wieder: Federn blase ich leicht
und behaupte, was schwebt.
Wissen möchte das Kinn, wann es zittern darf endlich.
Dicht hält die Stirn; dem Ganzen fehlt ein Gedanke.
Wo, wenn das Ohr verdeckt ist
oder an andere Bilder verliehen,
nistet in Krümeln Gelächter?

Alles verschattet und mit Erfahrung verhängt.
Die Brille habe ich seitlich gelegt.
Nur aus Gewohnheit wittert die Nase.
Den Lippen,
die immer noch Federn blasen,
lese ich Durst ab.

Unterm Euter der schwarzweißen Kuh:
ich sehe mich trinken
oder dir angelegt, Köchin,
nachdem deine Brust
tropfend über dem garenden Fisch hing;
du findest mich schön.

Am Ende

Männer, die mit bekanntem Ausdruck
zu Ende denken,
schon immer zu Ende gedacht haben;
Männer, denen nicht Ziele – womöglich mögliche –
sondern das Endziel – die entsorgte Gesellschaft –
hinter Massengräbern den Pflock gesteckt hat;
Männer, die aus der Summe datierter Niederlagen
nur einen Schluß ziehen: den rauchverhangenen Endsieg
auf gründlich verbrannter Erde;
Männer, wie sie auf einer der täglichen Konferenzen,
nachdem sich das Gröbste als technisch machbar erwies,
die Endlösung beschließen,
sachlich männlich beschlossen haben;
Männer mit Überblick,
denen Bedeutung nachläuft,
große verstiegene Männer,
die niemand, kein warmer Pantoffel
hat halten können,
Männer mit steiler Idee, der Taten platt folgten,
sind endlich – fragen wir uns – am Ende?

Streit

Weil der Hund, nein, die Katze
oder die Kinder (deine und meine)
nicht stubenrein sind und herhalten müssen,
weil Besuch zu früh ging
oder Frieden zu lange schon
und alle Rosinen gewöhnlich.

Wörter, die in Schubladen klemmen
und für Ilsebill Haken und Öse sind.
Sie wünscht sich was, wünscht sich was.

Jetzt geh ich.
Ich geh jetzt nochmal ums Haus.
Rindfleisch fasert zwischen den Zähnen.
Himmel Nacht Luft.
Jemand entfernt, der auch ums Haus geht, nochmal.

Nur der Rentner und seine Frau,
die nebenan im Pißpott wohnen,
sind ohne ein Wort zuviel
schon schlafen gegangen.

Ach, Butt! Dein Märchen geht böse aus.

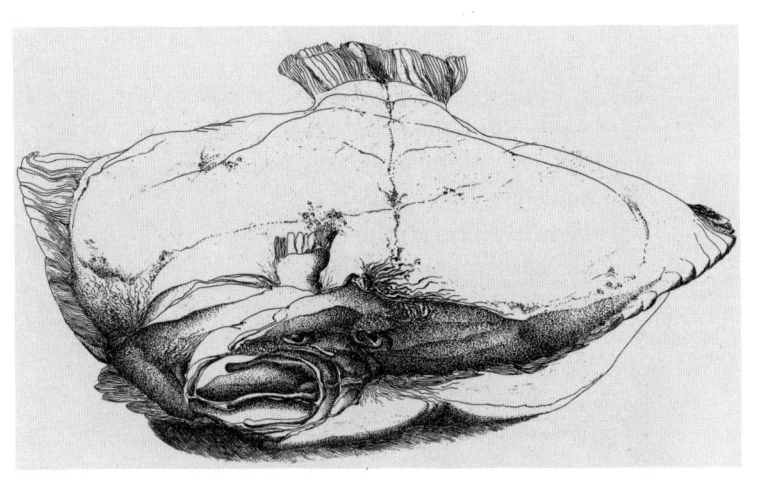

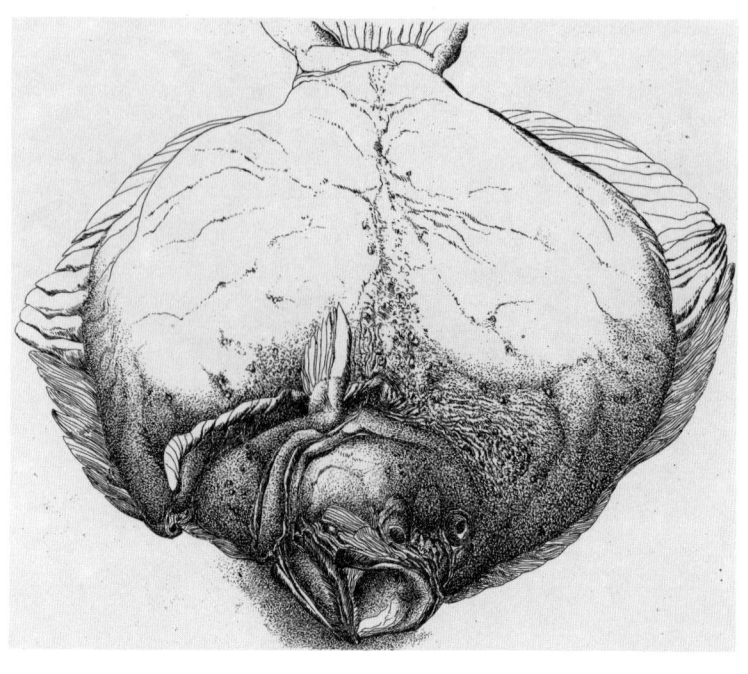

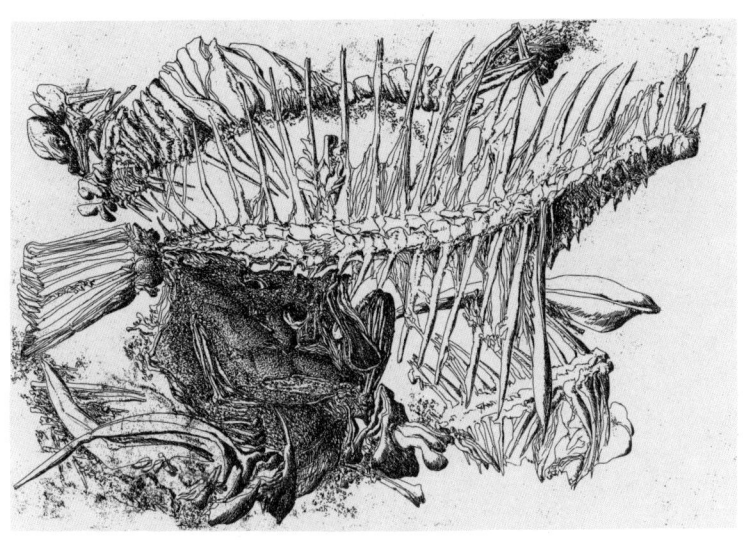

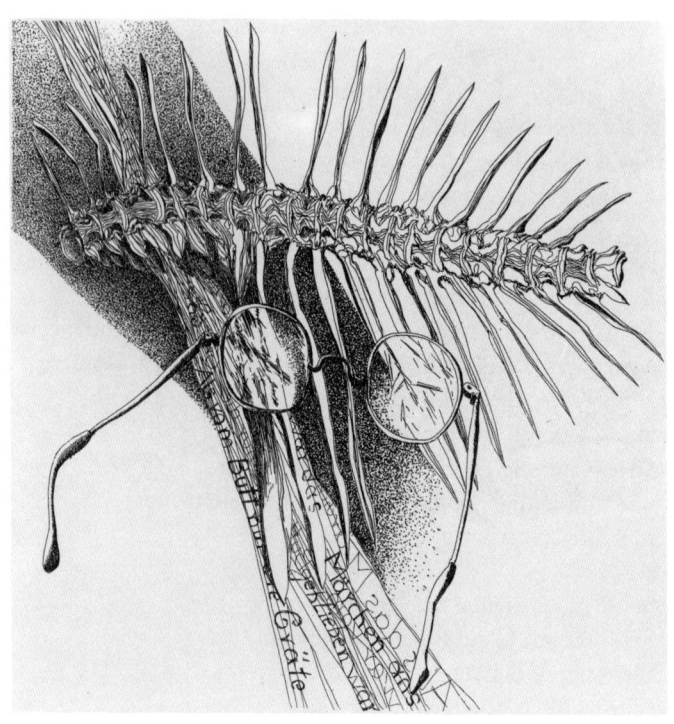

Helene Migräne

Sitzt im gespaltenen Baum,
ist wetterfühlig über gezupften,
mit der Pinzette gezupften Brauen.
Schlägt es um, kommt ein Hoch, wird es schön,
reißt ihr die Seide den Faden lang.
Alle fürchten den Umschlag,
huschen auf Strümpfen, verhängen das Licht.
Es soll ein verklemmter Nerv sein; hier oder hier oder hier.
Man sagt, es lege sich innen, noch tiefer innen was quer.
Ein Leiden, das mit der letzten Eiszeit begann,
als sich Natur noch einmal verschob.
(Auch soll die Jungfrau, als ihr der Engel
klirrend zu nah kam, danach ihre Schläfen
mit Fingerspitzen punktiert haben.)

Seitdem verdienen die Ärzte.
Seitdem übt Glaube sich autogen ein.
Der Schrei, den alle gehört haben wollen;
selbst Greise erinnern Entsetzen:
als Mutter im Dunkeln stumm lag.
Schmerz, den nur kennt, wer ihn hat.

Schon wieder droht,
stößt Tasse auf Teller zu laut,
stirbt eine Fliege,
stehen frierend die Gläser zu eng,
schrillt der paradiesische Vogel.
»Helene Migräne« singen vorm Fenster die Kinder.
Wir – ohne Begriff – härmen uns aus Distanz.
Sie aber, hinter Rolläden, hat ihre Peinkammer bezogen,
hängt am sirrenden Zwirn und wird immer schöner.

Manzi Manzi

Zwischen getrennten Betten
ist auf Rufweite
von den Geschlechtern die Rede.

Ausreden! Laß mich ausreden.
Du hast nichts mehr zu sagen.
Du hast Jahrhunderte lang.
Dir schalten wir einfach den Ton ab.
Ohne Text bist du
nicht mal mehr komisch bist du.

Manzi Manzi! rufen die Kinder
der Ilsebill aus dem Märchen nach.
Sie hat zerschlagen, was lieb und teuer ist.
Sie hat mit stumpfem Beil
das bißchen Einundalles gekappt.
Sie will aus sich, nur noch aus sich
und kein gemeinsames Konto mehr.

Aber uns gab es doch: ich und du – wir.
Ein doppeltes Ja im Blick.
Ein Schatten, in dem wir erschöpft,
vielgliedrig dennoch ein Schlaf
und Foto waren, auf dem wir uns treu.

Haß bildet Sätze.
Wie sie abrechnet, mich fertigmacht,
aus ihrer Rolle wächst, überragt
und zuende redet: Ausreden! Laß mich ausreden!
Und gewöhn dir endlich das Uns und das Wir ab.

Manzi Manzi! stand in Tontäfelchen geritzt,
die als minoische Funde (Knossos, erste Palastperiode)
lange Zeit nicht entziffert wurden.
Man hielt das für Haushaltsrechnungen,
Fruchtbarkeitsformeln,
mutterrechtlichen Kleinkram.

Aber schon anfangs (lange vor Ilsebill)
agitierte die Göttin.

Wie im Kino

Eine Frau, die ihr Haar streichelt
oder in ihren Lieben rasch blättert,
sich nicht erinnern kann.
Zwischendurch möchte sie rothaarig sein
oder ein bißchen tot oder Nebenrolle
in einem anderen Film.

Jetzt zerfällt sie in Ausschnitte und Textilien.
Ein Frauenbein für sich genommen.
Sie will nicht glücklich sein, sondern gemacht werden.
Wissen will sie, was er jetzt denkt.
Und die andere, falls es sie gibt,
will sie rausschneiden aus dem Film: schnippschnapp.

Handlung läuft: Blechschaden, Regen
und der Verdacht im Kofferraum.
Am Wochenende zeichnen Männerslips ab.
Behaart – enthaart: beliebige Glieder.
Eine Ohrfeige verspricht, was später wie echt klingt.

Jetzt will sie sich wieder anziehen,
doch vorher schaumgeboren sein
und nicht mehr fremd riechen.
Zu mager vom vielen Joghurtessen
weint Ilsebill unter der Dusche.

Ilsebill zugeschrieben

Das Essen wird kalt.
Ich komme jetzt nicht mehr pünktlich.
Kein »Hallo hier bin ich!« stößt die gewohnte Tür.
Auf Umwegen, um mich dir anzunähern,
habe ich mich verstiegen: in Bäume, Pilzhänge,
entlegene Wortfelder, abseits in Müll.
Nicht warten. Du mußt schon suchen.

Ich könnte mich in Fäulnis warm halten.
Meine Verstecke haben drei Ausgänge.
Wirklicher bin ich in meinen Geschichten
und im Oktober, wenn wir Geburtstag haben
und die Sonnenblumen geköpft stehen.

Weil wir nicht heute den Tag
und das bißchen Nacht leben können,
schlage ich dir Jahrhunderte vor,
etwa das vierzehnte.
Nach Aachen unterwegs sind wir Pilger,
die vom Pfennig zehren
und die Pest zuhause gelassen haben.

Das hat mir der Butt geraten.
Schon wieder Flucht.
Doch einmal – ich erinnere mich –
hast du mich mitten in einer Geschichte,
die ganz woanders hin, übers Eis nach Litauen wollte,
bei dir gefunden: auch du bist Versteck.

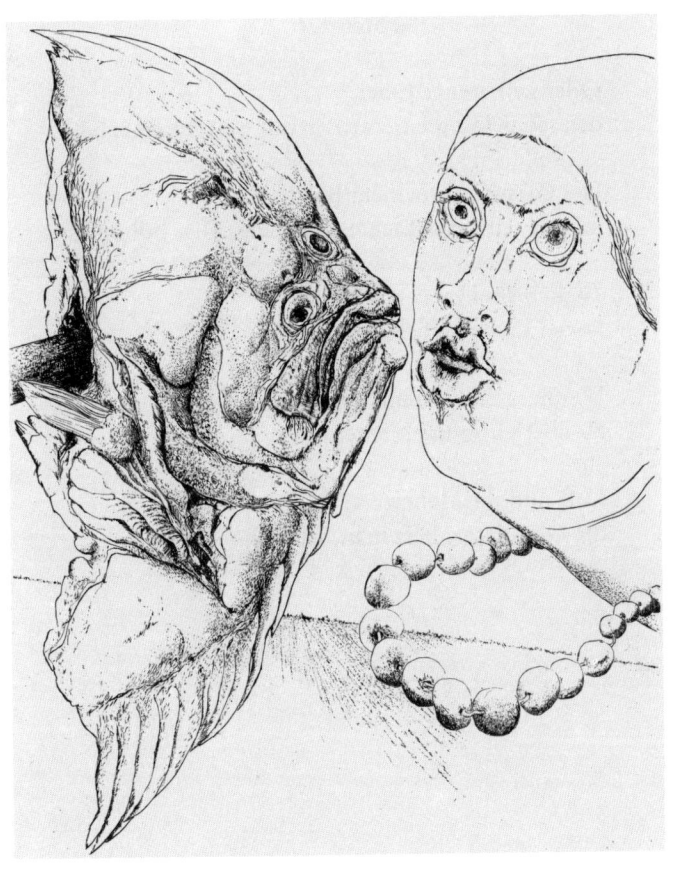

Mehrwert

Oder gefrorener Jubel,
den ich gesammelt, zur Ansicht gesammelt habe.

Die Gläser auf meinem Brett
mögen seitliches Licht; nicht jedes Glas böhmisch.

Täglich sind zwei besonders.
Soviel Liebe zu Scherben bereit.

Weithergeholt Atem, der nicht zerbrach.
So überlebt ohne Namen

Luft und ihr Mehrwert:
die Glasbläser, liest man, wurden nicht alt.

Wie ich ihr Küchenjunge gewesen bin

Die Pfanne aus Kupfer blank.
Ihre Frühmorgenstimme. Hier! rief ich: Hier!
und lief auf sie zu, sooft ich versuchte,
ihren Töpfen davonzulaufen.

Auf Ostern habe ich Lämmerzungen – die evangelischen,
die katholischen – wie meine Sünderseele gehäutet.
Und wenn sie im November Gänse gerupft hat,
habe ich Federn, den Flaum geblasen,
damit der Tag in Schwebe blieb.

Sie hatte die Ausmaße der Hauptkirche Sankt Marien,
doch ging nie mystische Zugluft,
war es nie kühl in ihr.
Ach, ihre Schlafkiste,
in der es nach Ziegenmilch roch,
in die Fliegen gefallen waren.
In ihrem Stallgeruch gefangen.
Ihr Schoß war Wiege.
Wann war das?

Unter dem Nonnenrock – Äbtissin war sie –
stand die Zeit nicht still,
fand Geschichte statt,
wurde der Streit um Fleisch und Blut
und Brot und Wein wortlos entschieden.
Solange ich ihr Küchenjunge gewesen bin,
habe ich nie frieren oder mich schämen müssen.

Die dicke Gret: ein halber Kürbis
lacht und spuckt Kerne.
Nur selten sah ich sie
Bier in Brotsuppe rühren;
worauf sie stark pfefferte: ihre Trauer
schmeckte nicht nach.

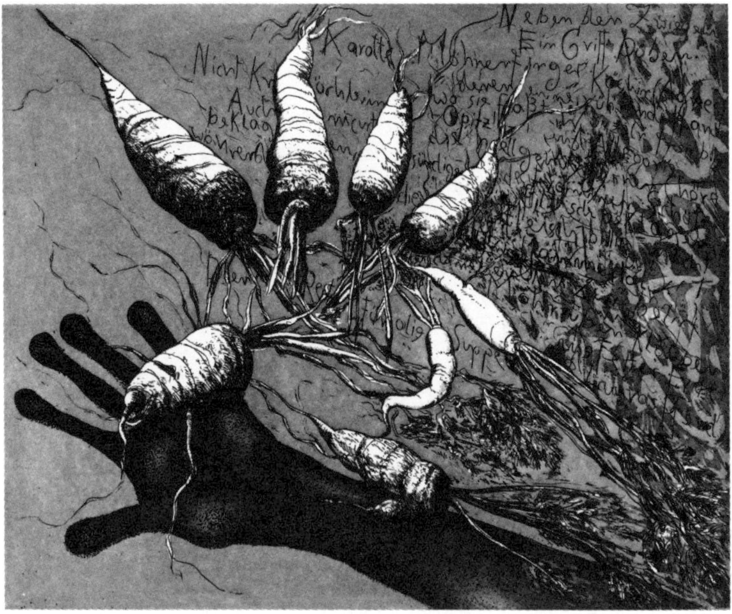

Drei Fragen

Wie kann ich,
wo mir Entsetzen in Blei gießen sollte,
beim Frühstück schon lachen?
Wie sollte ich,
wo Brüll, mir noch der Brüll wächst,
vom Brüll, weil sie schön ist,
Und ich Die Schönheit geben?
Wie will ich,
wo die Hand auf dem Foto
bis zum Schluss ohne Reis bleibt,
über die Köchin schreiben,
wie sie Wildgänse füllt?

Die Salten treten in Hungerstreik.
Das schöne Brüll.
Das ist mein Kaputtlachen ist das.

Ich suche ein Wort für Scham.

Zuviel

Zwischen den Feiertagen,
sobald es spät still genug ist,
lese ich Orwells utopischen Roman ›1984‹,
den ich 1949 zum erstenmal
ganz anders gelesen habe.

Beiseite, neben dem Nußknacker und dem Päckchen Tabak,
liegt ein statistisches Buch,
dessen Zahlen die Weltbevölkerung,
wie sie ernährt – nicht ernährt wird,
bis zum Jahre 2000 steigern – verknappen.
In Pausen,
wenn ich nach meinem Tabak greife
oder eine Haselnuß knacke,
holen mich Schwierigkeiten ein,
die im Vergleich mit Big Brother
und dem globalen Eiweißmangel
klein sind
aber nicht aufhören wollen, privat zu kichern.

Jetzt lese ich über Verhörmethoden in naher Zukunft.
Jetzt will ich mir Zahlen merken:
gegenwärtige Mortalitätsmuster
der Kindersterblichkeit in Südasien.
Jetzt zerfaser ich von den Rändern her,
weil vor den Feiertagen das nachgelassene Gezänk
in Päckchen verschnürt wurde: Ilsebills Wünsche...

Zur Hälfte füllen Nußschalen den Aschenbecher.
Das ist zuviel alles.
Etwas muß gestrichen werden: Indien
oder der Oligarchische Kollektivismus
oder die familiäre Weihnacht.

Esau sagt

Zu Linsen begnadigt.
In einem Meer Linsen ertrinken.
Auf meinem linsengefüllten Kissen.
Hoffnung findet sich linsengroß.
Und alle Propheten wollen nur immer
die wunderbare Linsenvermehrung.

Und als er auferstanden am dritten Tag,
war sein Verlangen nach Linsen groß.

Zum Frühstück schon.
Eingedickt, bis der Löffel steht.
Zu Hammelnacken mit Majoran frisch.
Oder erinnerte Linsen: Einmal, als König Bathory
von der Jagd ins Lager zurückkam,
hat ihm die Nonne Rusch einen Fasan (vorjährig zäh)
mit Linsen polnisch zu Suppe verkocht.

Mit einem Beutel voll ging ich und ohne Furcht.
Seit mir sind Erstgeburten zu haben.
Ausgezahlt lebe ich linsengerecht.
Mein Brüderchen plagt sich.

Geteert und gefedert

Sie mochte mich nur gerupft.
Federn – ich schreibe
über Möwenkonflikte
und gegen die Zeit.

Oder ein Junge mit seinem Atem,
wie er den Flaum über die Zäune
nach nirgendwo trägt.

Flaum, das ist Schlaf und Gänse nach Kilo und Preis.
Jedem Bett seine Last.
Während sie rupfte zwischen den dummen Knien
und die Federn, wie es geschrieben steht, flogen,
schlief daunenweich die verordnete Macht.

Geflügel für wen?
Aber ich blies, hielt in Schwebe.
Das ist Glaube, wie er sich überträgt;
Zweifel geteert und gefedert.

Neulich habe ich Federn,
wie sie sich finden,
mir zugeschnitten.
Erst Mönche, Stadtschreiber später,
Schriftführer heute halten die Lüge in Fluß.

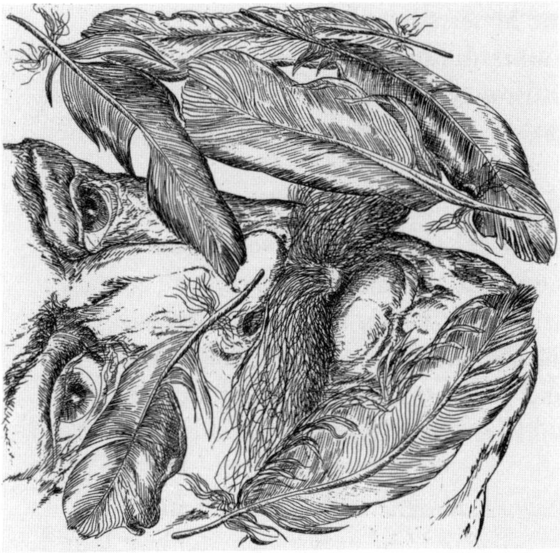

Aufschub

Die Messerspitze Erlösersalz.
Aufschub noch einmal, als meine Frage: welches
Jahrhundert spielen wir jetzt? küchengerecht
beantwortet wurde: Als der Pfefferpreis fiel ...

Neunmal nieste sie über die Schüssel,
in der das Hasenklein in seinem Sud lag.
Sie wollte sich nicht erinnern,
daß ich ihr Küchenjunge gewesen bin.
Finster blickte sie auf die Fliege im Bier
und wollte mich (kein Aufschub mehr)
bei Pest und Gelegenheit los werden ...

Suppen, in denen die Graupe siegt.
Als sie den Hunger wie eine Mahlzeit lobte,
als sie ursächlich und nicht über Rübchen lachte,
als sie den Tod auf der Küchenbank
mit grauen Erbsen (Peluschken genannt)
für Aufschub gewann ...

So hockt sie in mir und schreibt sich fort ...

Hasenpfeffer

Ich lief und lief.
Gegen die Wegweiser, mit meinem Heißhunger
lief ich Geschichte bergab, war Rutsch und Geröll,
strampelte flächig, was ohnehin flach lag,
ein gegenläufiger Bote.

Wiedergekäute Kriege,
die Sieben die Dreißig,
die nordischen Hundert lief ich mir ab.
Nachzügler, die aus Gewohnheit hinter sich blickten,
sahen mich schwinden und Haken schlagen.
Und die mich warnten: Magdeburg brennt! ahnten nicht,
daß ich die gerade noch heile Stadt
lachend durchlaufen würde.

Keinem Faden nach, nur dem Gefälle.
Zerstückelte fügten sich,
von den Pestkarren sprangen, vom Rad geflochten,
aus Feuern, die in sich sanken,
hüpften Hexen mit mir ein Stück Wegs.

Ach, die Durststrecken jahrelanger Konzile,
der Hunger nach Daten,
bis ich ihr zulief: atemlos und verzehrt.

Sie hob den Deckel vom Topf und rührte im Sud.
»Was gibt's denn, was gibt's?«
»Hasenpfeffer, was sonst. Ahnte ich doch, daß du kommst.«

Die Köchin küßt

Wenn sie den Mund,
der lieber summt als trällert,
öffnet und stülpt: seimigen Brei, Gaumenklöße
oder ein Stück mit praktischen Zähnen
aus mürbem Schafsnacken, der linken Gänsebrust beißt
und mir – in ihrem Speichel gewendet –
mit Zungenschub überträgt.

Vorgekaut Faserfleisch.
Durch den Wolf gedreht, was zu zäh.
Ihr Kuß füttert.
So wandern Forellenbäckchen, Oliven,
auch Nüsse, der Kern des Pflaumensteins,
den sie mit Backenzähnen geknackt hat,
Schwarzbrot im Bierschluck gespült,
ein Pfefferkorn heil
und Brockenkäse, den sie im Kuß noch teilt.

Hinfällig schon und in Kissen gedrückt,
von Fieber, Ekel, Gedanken kopfüber verzehrt,
lebte ich auf (immer wieder) von ihren Küssen,
die nie leer kamen oder nur sich meinten.
Und ich gab zurück:
Muschelfleisch Kälberhirn Hühnerherz Speck.

Einmal aßen wir einen Hecht von der Gräte;
ich ihren, sie meinen.
Einmal tauschten wir Täubchen aus;
und selbst die Knöchlein noch.
Einmal (und immer wieder) küßten wir uns an Bohnen satt.
Einmal, nach immer dem gleichen Streit

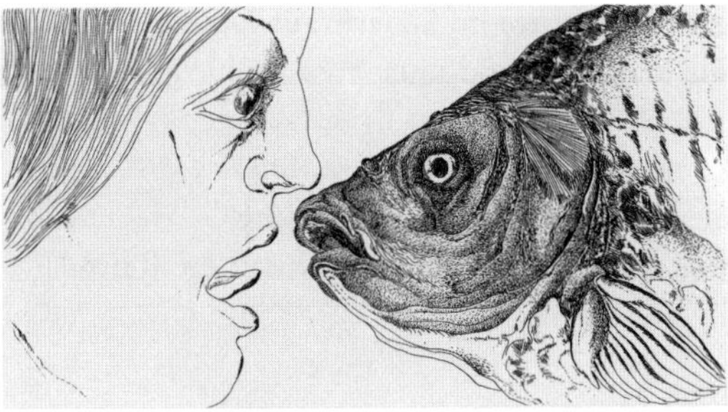

(weil ich die Miete versoffen hatte)
versöhnte ein Rettich uns über Rübendistanz.
Und einmal machte im Sauerkraut Kümmel uns lustig,
den wir tauschten und tauschten: hungrig nach mehr.

Als Agnes, die Köchin,
den sterbenden Dichter Opitz küßte,
nahm er ein Spargelköpfchen mit auf die Reise.

Leer und alleine

Hosen runter, Hände wie zum Gebet,
trifft mein Blick voll:
die dritte Kachel von oben, die sechste von rechts.
Durchfall.
Ich höre mich.
Zweitausendfünfhundert Jahre Geschichte,
frühe Erkenntnis und letzte Gedanken
lecken einander, heben sich auf.

Es ist die übliche Infektion.
Rotwein fördert
oder Zank auf der Treppe mit Ilsebill.
Angst, weil die Zeit – die Uhr meine ich –
chronischen Dünnpfiff hat.

Was nachkleckert: Frühstücksprobleme.
Da will kein Kot sich bilden kompakt
und auch die Liebe fällt bodenlos durch.

So viel Leere
ist schon Vergnügen: allein auf dem Klo
mit dem mir eigenen Arsch.
Gott Staat Gesellschaft Familie Partei . . .
Raus, alles raus.
Was riecht, bin ich.
Jetzt weinen können.

Runkeln und Gänseklein

Im November,
wenn das Spülwasser ausgegossen,
die letzten Farben verbraucht
und die Gänse gerupft sind,
auf Sankt Martin pünktlich
kochte Agnes, die immer wußte,
was wann gekocht wird,
den Hals in lappiger Haut, Magen und Herz,
die Flügel beide: das Gänseklein
mit Runkeln und gewürfeltem Kürbis
lange auf kleinem Feuer und in Gedanken
an einen schwedischen Fähnrich, der Axel geheißen
und wiederzukommen versprochen hatte:
Bald im November.

Mitgekocht wurden:
ein Händchenvoll Graupen, Kümmel, Majoran
und wenig vom Bilsenkraut gegen die Pest.
Das alles: den Magen kaute, vom Flügelbein nagte,
am Halswirbel saugte der Maler Möller,
dem Agnes tischte, während der Dichter Opitz
die sanfte Brühe, die weiche Runkel
löffelte löffelte und keine Worte fand –
wenn auch überall im November
und trüben Sud ein Gänseherz schwamm,
das seinen Vergleich suchte.

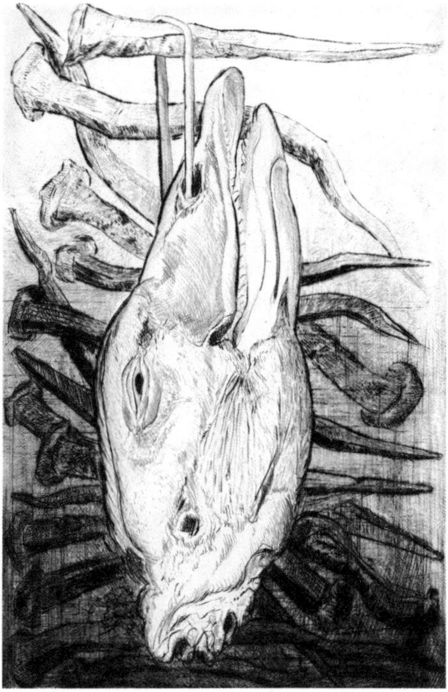

Bei Kochfisch Agnes erinnert

Auf den Kabeljau heute,
den ich in Weißwein und Gedanken an Dorsch,
als er noch billig – Pomuchel! Pomuchel! –
auf schwacher Hitze gekocht habe,
legte ich, als sein Auge schon milchig
und Fischaugen weiß dem fiebrigen Opitz
übers leere Papier rollten,
grüne Gurken in Streifen geschnitten,
dann, von der Hitze genommen, Dill in den Sud.

Über den Kochfisch streute ich Krabbenschwänze,
die unsere Gäste – zwei Herren, die sich nicht kannten –
während der Kabeljau garte, gesprächig
und um die Zukunft besorgt,
mit Fingern gepult hatten.

Ach Köchin, du schaust mir zu,
wenn ich mit flachem Löffel
dem zarten Fleisch helfe: willig gibt es die Gräte auf
und will erinnert, Agnes, erinnert werden.

Nun kannten die Gäste sich besser.
Ich sagte, Opitz, in unserem Alter, starb an der Pest.
Wir sprachen über Künste und Preise.
Politisch regte nichts auf.
Suppe von sauren Kirschen danach.
Mitgezählt wurden frühere Kerne:
als wir noch Edelmann Bettelmann Bauer Pastor ...

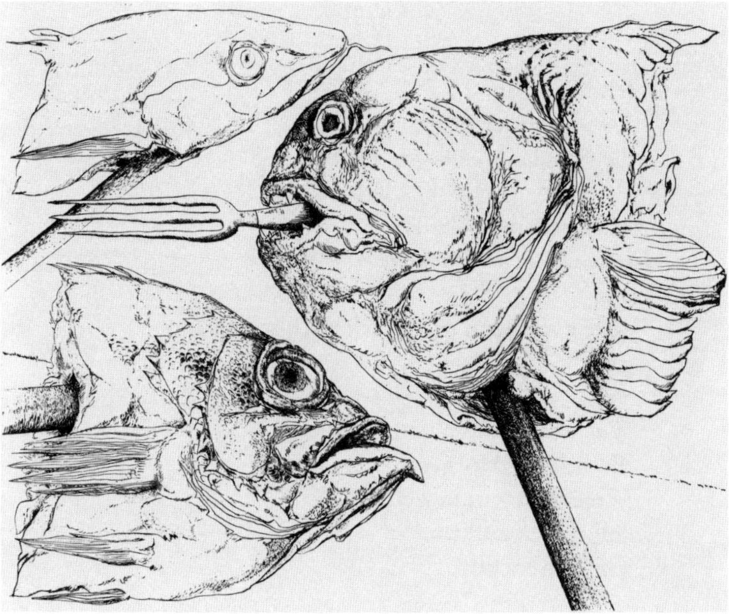

Spät

Ich kenne nur,
soweit sie sich zeigt,
die Natur.

Mit tastendem Griff
sehe ich sie in Stücken,
nie
oder nur, wenn das Glück mich schlägt,
ganz.

Was soviel Schönheit,
die sich am Morgen schon
in meinem Kot beweist,
soll oder zweckt,
weiß ich nicht.

Deshalb gehe ich zögernd schlafen,
denn der Traum macht den Gegenstand fließend
und redet ihm Sinn ein.

Ich will wach bleiben.
Vielleicht rührt sich der Stein
oder Agnes kommt
und bringt, was mich müde macht:
Kümmel und Dill.

Kot gereimt

Dampft, wird beschaut.
Riecht nicht fremd, will gesehen werden,
namentlich sein.
Exkremente. Der Stoffwechsel oder Stuhlgang.
Die Kacke: was sich ringförmig legt.

Mach Würstchen! Mach Würstchen! rufen die Mütter.
Frühe Knetmasse, Schamknoten
und Angstbleibsel: was in die Hose ging.

Erkennen wir wieder: unverdaut Erbsen, Kirschkerne
und den verschluckten Zahn.
Wir staunen uns an.
Wir haben uns was zu sagen.
Mein Abfall, mir näher als Gott oder du oder du.

Warum trennen wir uns hinter verriegelter Tür
und lassen Gäste nicht zu,
mit denen wir vortags an einem Tisch lärmend
Bohnen und Speck vorbestimmt haben?

Wir wollen jetzt (laut Beschluß) jeder vereinzelt essen
und in Gesellschaft scheißen;
steinzeitlich wird Erkenntnis möglicher sein.

Alle Gedichte, die wahrsagen und den Tod reimen,
sind Kot, der aus hartem Leib fiel,
in dem Blut rinnselt, Gewürm überlebt;
so sah Opitz, der Dichter,
den sich die Pest als Allegorie verschrieb,
seinen letzten Dünnpfiff.

Unterschied

Als ich die mir versprochenen Fenster
in jede Richtung aufstieß,
war ich sicher,
abgelöst nichts zu sehen.

Aber auf flache Landschaft,
die sonst sehr bespielt war,
und gegenüber ins offene Fenster,
aus denen Männer und Frauen alt sahen,
gegen den heiter bis wolkigen Himmel,
Stare auch in den Bäumen,
Schulkinder, die der Bus gebracht hatte,
den Sparkassenneubau,
die Kirche mit Uhr
sah ich: halb zwei.

Auf meine Beschwerde kam Antwort:
Das sei üblicher Nachlesen
und höre bald auf.
Schon grüßen die alten Nachbarn.
Sie sollen aus allen Fenstern
mich wirklich gesehen haben.
Und Gisbill kommt überladen
vom Einkauf zurück.
Morgen ist Sonntag.

Klage und Gebet
der Gesindeköchin Amanda Woyke

Als ihr die Würmchen,
hießen Stine Trude Lovise,
weil der Halm faulgeregnet, vom Hagel erschlagen,
von Dürre und Mäusen gebissen war,
daß gedroschen kein Rest blieb,
Hirse nicht körnte, Grütze nicht pappte,
kein Haferschleim süß und Fladenbrot sauer wurde,
weghungerten alle drei,
bevor es dusterte zweimal im März – denn auch die Ziege
war einem Kosaken ins Messer gesprungen,
fortgetrieben die Kuh von fouragierenden Preußen,
kein Huhn mehr scharrte,
von den Gurretauben blieb Taubenmist nur,
und auch der Kerl mit dem Zwirbelbart,
der die Würmchen Stine Trude Lovise
mit seinem Prügel wie nichts gemacht hatte,
weil Amanda ihm jedesmal beinebreit,
war außer Haus schon wieder und gegen Handgeld
nach Sachsen, Böhmen, Hochkirch gelaufen,
denn der König, der König rief –
als nun drei Kodderpuppen,
die Stine Trude Lovise hießen,
schlaff baumelten,
wollte Amanda nicht glauben
und lassen los.

Und als die Mädchen
blaß, blau und hungerkrumm,
grämlich verfrühte Greisinnen,
grad geboren, kaum abgestillt – bald hätte

Lovise laufen wollen – in eine Kiste gelegt,
zugenagelt, verschaufelt waren,
klagte Amanda laut
und hielt den Ton vor der Wimmerschwelle:
ein zittriges Heulen,
in dem viel ai mai wai nai jainte,
das zwischen langgezwirntem Euhhh und Euühhh
dennoch Sätze (was der Mensch im Schmerz sagt) zuließ:
Das mecht nich jelaidet sain.
Das mecht selbig den Daibel äwaichen.
Das mecht ain Kujon fier Jerechtigkait haißen.
Das mecht Liebgottchen välaiden.
Dem mecht Jeschrai elendlich blaiben.
Nai ist kain Liebgottchen nich,
och wenn jeschrieben steht...

Sie schrie drei klirrklare Märztage lang,
bis ihre Klage feingesiebt nur noch Iiiih hieß.
(Und auch in den anderen Katen
in Zuckau, Ramkau, Kokoschken,
wo wem was weggedarbt war,
wurde geschrien: Ihhh...)

Das kümmerte niemand.
Als sei nichts, schlug der Holunder aus.
Buchweizen, Hafer blieben nicht taub.
Pflaumen zum Trocknen genug.
Es lohnte, in die Pilze zu gehen.
Und am Strick eine Kuh, kam gezwirbelt der Kerl zurück
aus Winterquartieren, auch diesmal wie jedesmal invalid.
Der hatte seit Zorndorf Finger zwei weniger,
der kam nach Torgau einäugig lachend,

der trug nach Hochkirch die Narbe über dem Deetz,
was ihn dußliger noch als damlich machte.
Der richtete aber den Prügel ihr,
weil sie stillhielt,
um Marjellen wie nichts zu machen,
die Lisbeth, Annchen, Martha und Ernestine hießen
und lebig blieben,
so daß auch Liebgottchen gut fürs Gebet wieder war:
Er werde schon wissen, warum so viel Leid.
Ihm sei das Kreuz ja ewiglich aufgeladen.
Er lohne die Mühe
und habe Liebe, himmlische Mehlschütten voll...

Da war viel Jiehte behiete drin,
Reimworte später auf die Kartoffelblüte –
und Hoffnung körnchengroß,
daß Stine Trude Lovise nun Engel seien
und satt.

Übers Wetter geredet

Plötzlich will keiner mehr Vorfahrt haben.
Wohin denn und warum schnell?
Nur hinten – doch wo ist hinten? –
drängeln sie noch.

Ob jene Zahlreichen,
die weit entfernt hungern,
doch sonst kaum auffallen,
daran gehindert werden dürfen,
ist eine Frage, die beiläufig
immer wieder gestellt wird.
Die Natur – so heißt es nun auch im Dritten Programm –
wird sich zu helfen wissen.
Sachlich sein.
Bei uns bleibt genug zu tun.
Die vielen kaputten Ehen.
Methoden, nach denen zwei mal zwei vier ist.
Notfalls Beamtenrecht.

Am Abend stellen wir zornig fest,
daß auch das Wetter vorausgesagt falsch war.

Am Hungertuch nagen

Immer schon sprach aus hohlem Bauch
die Mehlschütte Trost
und Schnee fiel wie zum Beweis.

Nagte er nur die verhängte Karwoche lang,
wäre das Fasten ein Spaß,
Fladen mit nichts zu beißen,
aber es deckt den Winter über bis in den März
das Tuch totenstill meine Gegend,
während woanders die Speicher schlau
und die Märkte gesättigt sind.

Gegen den Hunger ist viel geschrieben worden.
Wie schön er macht.
Wie frei von Schlacke seine Idee ist.
Wie dumm die Made im Speck bleibt.
Und immer schon gab es Schweizer,
die sich vor Gott (oder sonstwem)
wohltätig zeigten: es fehlte ja nur
das Notwendigste.

Als aber endlich genug war
und Amanda Woyke mit Korb, Hacke und ihren Töchtern
in die Kartoffeln ging, saßen woanders Herren am Tisch
und sorgten sich um den fallenden Preis der Hirse.

Es ist die Nachfrage, sagte Professor Bürlimann,
die immer alles am Ende regelt –
und lächelte liberal.

Alle beide

Er sagt nicht meine, die Frau sagt er.
Die Frau will das nicht.
Das muß ich erst mit der Frau besprechen.

Angst zum Krawattenknoten gezurrt.
Angst, nachhause zu kommen.
Angst, zuzugeben.
Verängstigt sind beide einander Besitz.

Die Liebe klagt ihre Ansprüche ein.
Und das gewohnte Küßchen danach.
Nur noch Gedächtnis zählt.
Beide leben vom Streitwert.
(Die Kinder merken vorm Schlüsselloch was
und beschließen für später das Gegenteil.)

Aber, sagt er, ohne die Frau hätte ich nicht soviel.
Aber, sagt sie, er tut, was er kann und noch mehr.
Ein Segen, der Fluch, und als Fluch Gesetz wurde.
Ein Gesetz, das immer sozialer wird.
Zwischen den Einbauschränken, die abgezahlt sind,
bildet der Haß
Knötchen im Teppich: nicht pflegeleicht.

Beide entdecken einander,
wenn sie sich fremd genug sind,
nur noch im Kino.

Zum Fürchten

Im Wald laut rufen.
Die Pilze und Märchen
holen uns ein.

Jede Knolle treibt jüngeren Schrecken.
Noch unter eigenem Hut,
doch die Angsttrichter rings
sind schon gestrichen voll.

Immer war schon wer da.
Zerstörtes Bett – bin ich es gewesen?
Nichts ließ mein Vorgänger stehn.

Wir unterscheiden: schmackhafte
ungenießbare giftige Pilze.
Viele Pilzkenner sterben früh
und hinterlassen gesammelt Notizen.

Reizker, Morchel, Totentrompete.

Mit Sophie gingen wir in die Pilze
bevor der Kaiser nach Rußland zog.
Ich verlor meine Brille
und nahm den Daumen;
sie fand und fand.

Sophie

Wir suchen
und meinen zu finden;
aber anders heißt er
und ist auch anders verwandt.

Einmal fanden wir einen,
den gab es nicht.
Meine Brille beschlug,
ein Häher schrie,
wir liefen davon.

In den Wäldern um Saskoschin
sollen sie sich verglichen haben.
Weil immer noch kenntlich,
wurden die Pfifferlinge verlacht.

Pilze bedeuten.
Nicht nur die eßbaren
stehen auf einem Bein
für Gleichnisse stramm.

Sophie, die später Köchin wurde
und auch politisch,
kannte alle beim Namen.

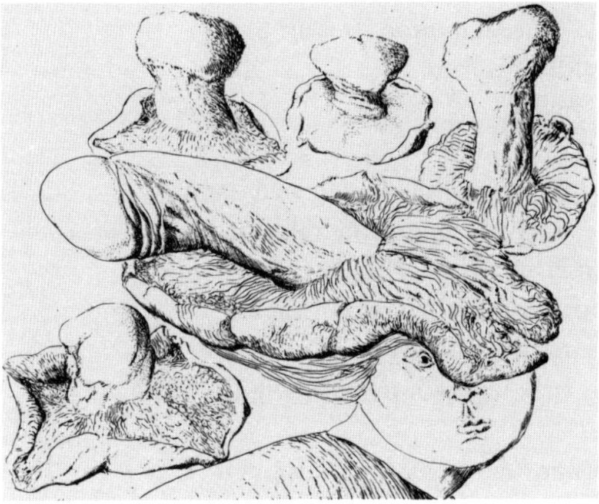

Hinter den Bergen

Was wäre ich ohne Ilsebill!
rief der Fischer
zufrieden.

In ihre Wünsche kleiden sich meine.
Was in Erfüllung geht, zählt nicht.
Außer uns alles erfunden.
Nur das Märchen ist wirklich.
Immer kommt, wenn ich rufe, der Butt.
Ich will, ich will, ich will wie Ilsebill sein!

Höher, tiefer, güldener, doppelt so viel.
Schöner noch als gedacht.
Gespiegelt bis ins Unendliche.
Und weil kein Tod, kein Leben mehr als Begriff.
Jetzt das Rad noch einmal erfinden dürfen.

Kürzlich träumte ich reich:
alles war da wie gewünscht,
Brot, Käse, Nüsse und Wein,
nur fehlte ich, mich zu freuen.
Da verliefen sich wieder die Wünsche
und suchten hinter den Bergen
ihren doppelten Sinn: Ilsebill oder mich.

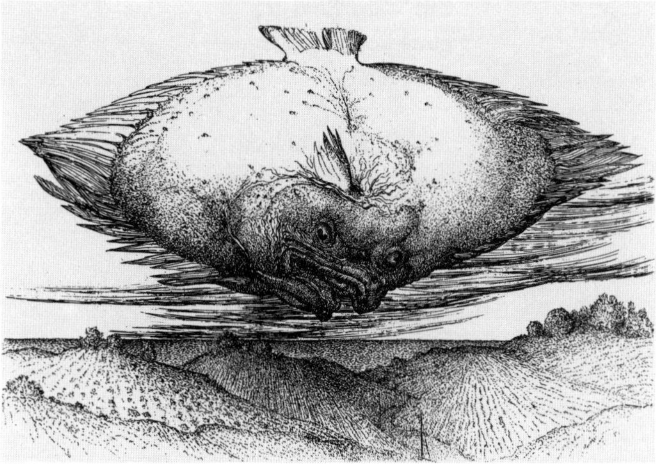

Auf der Suche nach ähnlichen Pilzen

Ein Wurf Boviste,
glücklich gefunden,
daneben.

Als ich recht bekam,
gab ich den Rest, alles,
verloren.

Dieser Hut paßt
einen Kopf kürzer
auf Maß.

Nimm es diffus;
auch das Licht
schummelt sich durch.

Zwar sind es Boviste,
doch falsche,
genau.

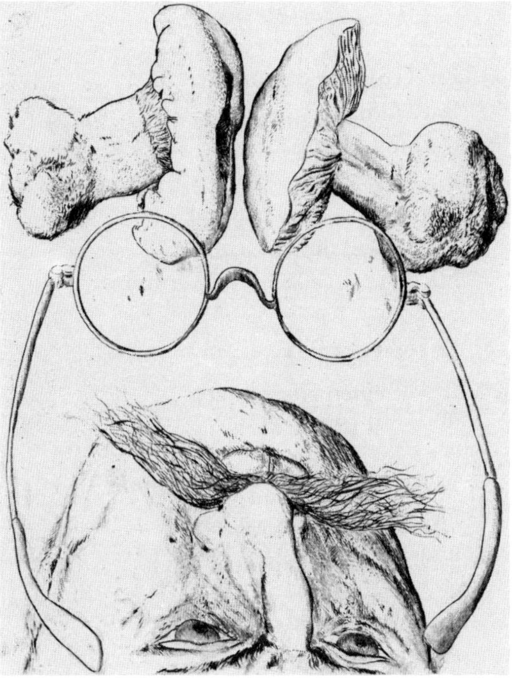

Fortgezeugt

Ein Gedanke entvölkert.
Rattenlos
rollt ins Abseits.

Der Gegenzeuge tritt auf.
Unten will oben.
Nicht keine, die andere Ordnung.

Es steht der Pilz
schirmlings
und lüftet die Wurzel.

Wann kappt der endliche Schnitt?
Doch staunend auch du
und offen.

Zeug fort – beiß ab.
Aber es bleibt nur
drohend beim Spiel.

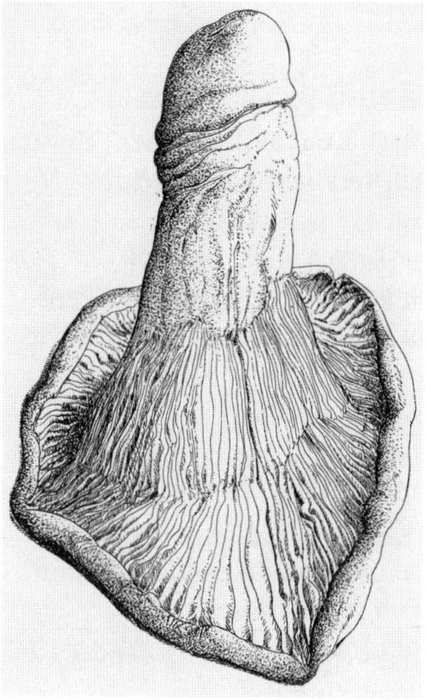

Lena teilt Suppe aus

Aus Kesseln tief,
in denen lappiger Kohl und Graupen schwammen
oder Kartoffeln verkocht mit verkochten Wruken
und Fleisch nur Gerücht war,
es sei denn, es fielen Kaldaunen ab
oder ein Pferd krepierte zu günstigem Preis,
schöpfte Lena sämige Erbsen,
von denen nur Schlauben geblieben,
und Knorpel und Knöchlein,
die der Schweinsfuß, das Spitzbein gewesen waren
und nun im Kessel, wenn Lena tief rührte, lärmten
wie vor dem Kessel, in Schlange gestellt,
die mit dem Blechnapf lärmten.

Nie blindlings, auch nicht mit fischender Kelle.
Ihr Suppenschlag hatte Ruf.
Und wie sie erhöht neben dem Kessel stand,
linkshändig auf ihrer Schiefertafel Zählstriche reihte,
mit rechter Hand rührte, dann einen halben Liter genau
in Napf nach Napf kippte
und aus gerunzeltem Winterapfelgesicht
nicht in den Kessel schaute,
sondern, als sähe sie was, in die Zukunft blickte,
hätte man hoffen, irgendwas hoffen können.
Dabei sah sie hinter sich,
sah sich vergangene Suppen schöpfen,
vor, nach den Kriegen, im Krieg,
bis sie sich jung sah neben dem Kessel.

Die Bürger jedoch,
wie sie abseits in ihren Mänteln standen
und Lena Stubbe erhöht sahen,
fürchteten sich vor ihrer andauernden Schönheit.
Deshalb beschlossen sie,
der Armut einen verklärenden Sinn zu geben:
als Antwort auf die soziale Frage.

Alle

Mit Sophie,
so fängt mein Gedicht an,
gingen wir in die Pilze.
Als Aua mir ihre dritte Brust gab,
lernte ich zählen.
Wenn Amanda Kartoffeln schälte,
las ich dem Fluß ihrer Schalen
den Fortgang meiner Geschichte ab.
Weil Sibylle Miehlau Vatertag feiern wollte,
nahm sie ein schlimmes Ende.
Eigentlich wollte Mestwina den heiligen Adalbert
nur liebhaben, immerzu liebhaben.
Während die Nonne Rusch polnische Gänse rupfte,
habe ich nichtsnutz flaumige Federn geblasen.
Agnes, die keine Tür
ins Schloß fallen ließ,
war sanftmütig immer nur halb da.
Die Witwe Lena zog Kummer an,
weshalb es bei ihr nach Wruken und Kohl roch.
Wigga, die Zuflucht, der ich entlief.
Schön wie ein Eiszapfen ist Dorothea gewesen.
Maria lebt noch und wird immer härter.

Aber – sagte der Butt – eine fehlt.
Ja – sagte ich – neben mir
träumt sich Ilsebill weg.

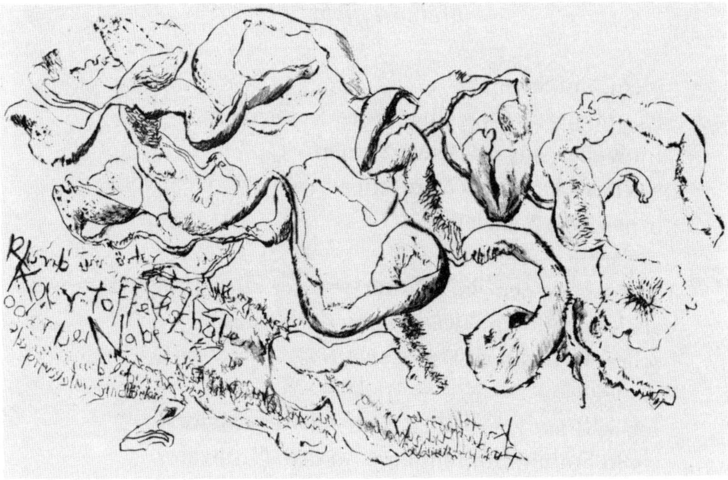

Bratkartoffeln

Nein, mit Schmalz.
Es müssen alte mit fingernden Keimen sein.
Im Keller, auf trocknem Lattenrost,
wo das Licht ein Versprechen bleibt von weither,
haben sie überwintert.

Vor langer Zeit, im Jahrhundert der Hosenträger,
als Lena die Streikkasse unter der Schürze
schon in den sechsten Monat trug.

Ich will mit Zwiebeln und erinnertem Majoran
einen Stummfilm flimmern, in dem Großvater,
ich meine den Sozi, der bei Tannenberg fiel,
bevor er sich über den Teller beugt, flucht
und mit allen Fingern knackt.

Doch nur geschmälzt und in Gußeisen.
Bratkartoffeln mit
Schwarzsauer und ähnlichen Mythen.
Heringe, die sich in Mehl freiwillig wälzen
oder bibbernde Sülze, in der gewürfelte Gürkchen
schön und natürlich bleiben.

Zum Frühstück schon aß Otto Stubbe,
bevor er zum Schichtwechsel auf die Werft ging,
seinen Teller voll leer;
und auch die Sperlinge vor den Scheibengardinen
waren schon proletarisch bewußt.

Verspätet

Ilsebill aus dem Haus.
Ich bin nicht hier.
Eigentlich hatte ich Agnes erwartet.
Was sonst geschieht – Tellerklappern –
gehört zu Amanda: ihr täglicher Abwasch.

Lena war da.
Vielleicht haben wir nur vergessen,
genaue Zeit abzusprechen.

Ich traf mich mit Sophie, während von allen Kirchen
die Vesper geläutet wurde.
Wir küßten uns wie im Kino.

Kalt stehen Reste: Hühnchen, was sonst.
Angefangen lungert ein Satz.
Selbst Fremdes riecht nicht mehr neu.
Im Schrank fehlt ein Kleid: das Großgeblümte
für Feste mit Dorothea gedacht,
die immer in Lumpen ging.

Als es noch die Musik gab,
konnten wir Gleiches zusammen verschieden hören.
Oder Liebe, das Foto: Billy und ich
auf dem weißen Dampfer, der Margarete hieß
und zwischen den Seebädern dicken Rauch machte.

Natürlich bin ich verspätet.
Aber Maria wollte nicht warten.
Jetzt sagt der Butt ihr die Zeit.

Wortwechsel

Im ersten Monat wußten wir nicht genau
und nur der Eileiter hatte begriffen.
Im zweiten Monat stritten wir ab,
was wir gewollt, nicht gewollt,
gesagt, nicht gesagt hatten.
Im dritten Monat veränderte sich der faßbare Leib,
aber die Wörter wiederholten sich nur.
Als mit dem vierten Monat das Neue Jahr begann,
begann nur das Jahr neu; die Wörter blieben verbraucht.
Erschöpft aber noch immer im Recht
schrieben wir den fünften, den sechsten Monat ab:
Es bewegt sich, sagten wir unbewegt.
Als wir im siebten Monat geräumige Kleider kauften,
blieben wir eng und stritten uns
um den dritten, versäumten Monat;
erst als ein Sprung über den Graben
zum Sturz wurde –
Spring nicht! Nein! Wart doch. Nein. Spring nicht! –
sorgten wir uns: Stammeln und Flüstern.
Im achten Monat waren wir traurig,
weil die Wörter, im zweiten und vierten gesagt,
sich immer noch auszahlten.
Als wir im neunten Monat besiegt waren
und das Kind unbekümmert geboren wurde,
hatten wir keine Wörter mehr.
Glückwünsche kamen durchs Telefon.

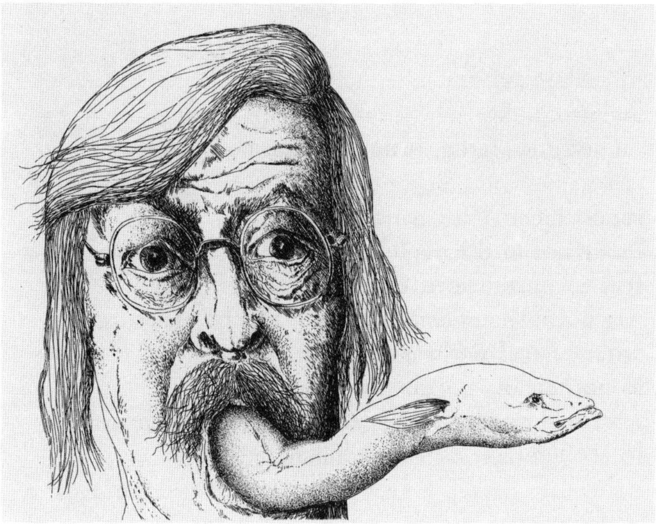

Mannomann

Hör schon auf.
Machen Punkt.
Du bist doch fertig, Mann, und nur noch läufig.

Sag nochmal: Wird gemacht.
Drück nochmal Knöpfchen und laß sie tanzen die Puppen.
Zeig nochmal deinen Willen und seine Brüche.
Hau nochmal auf den Tisch, sag: Das ist meiner.
Zähl nochmal auf, wie oft du und wessen.
Sei nochmal hart, damit es sich einprägt.
Beweise dir noch einmal deine große, bewiesene,
deine allumfassende Fürundfürsorge.

Mannomann.
Da stehst du nun da und im Anzug da.
Männer weinen nicht, Mann.
Deine Träume, die typisch männlich waren, sind alle gefilmt.
Deine Siege datiert und in Reihe gebracht.
Dein Fortschritt eingeholt und vermessen.
Deine Trauer und ihre Darsteller ermüden den Spielplan.
Zu oft variiert deine Witze; Sender Eriwan schweigt.
Leistungsstark (immer noch) hebt deine Macht sich auf.

Mannomann.
Sag nochmal ich.
Denk nochmal scharf.
Blick nochmal durch.
Hab nochmal recht.
Schweig nochmal tief.
Steh oder fall noch ein einziges Mal.

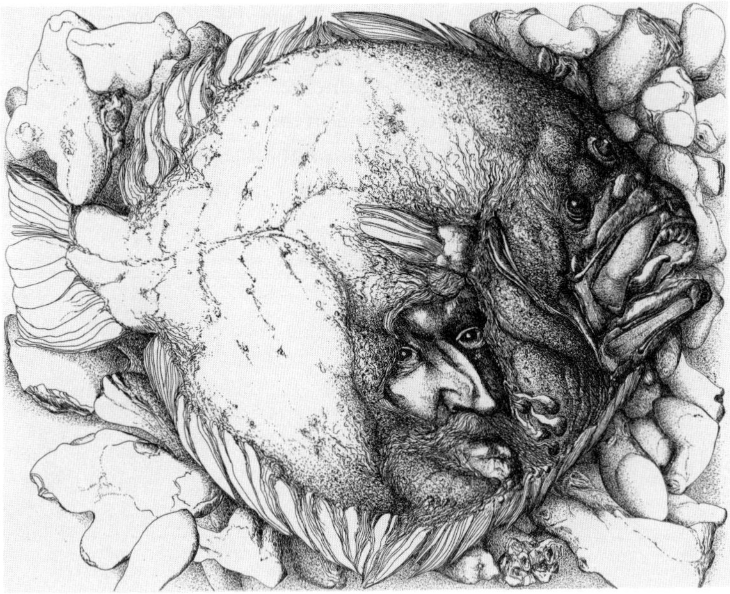

Du mußt nicht aufräumen, Mann; laß alles liegen.
Du bist nach deinen Gesetzen verbraucht,
entlassen aus deiner Geschichte.
Und nur das Streichelkind in dir
darf noch ein Weilchen mit Bauklötzen spielen. –
Was, Mannomann, wird deine Frau dazu sagen?

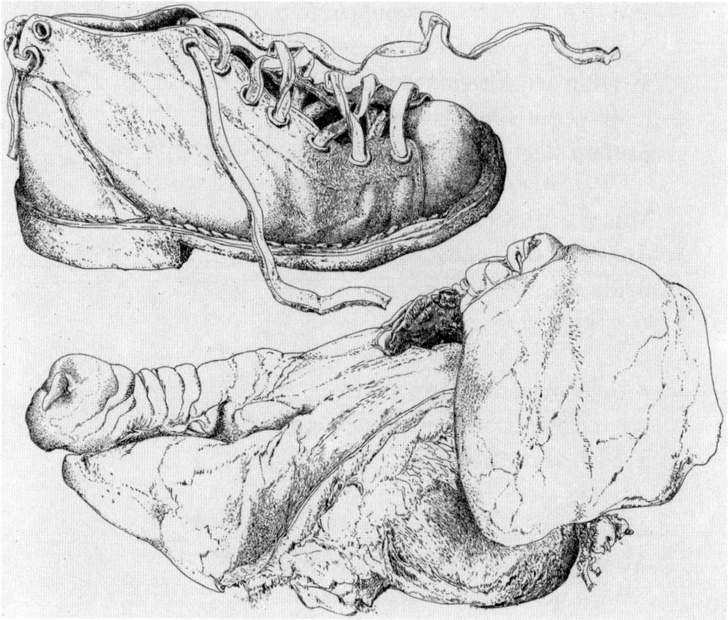

Mein Schuh

Mit ihm zerstritten.
Läuft gegenläufig davon.
Kommt flüchtig entgegen.

Mütze trifft Schuh:
Auswärts sie, heimwärts er.
Beide auf Abschied gedellt:
vergriffen vergangen.

Allseits mein Schuh.
Wem ich entlaufen, was mich eingeholt,
lese ich seiner Sohle ab:

Als ich noch barfuß.
Als mir kein Senkel aufgehen wollte.
Als ich mir witzig daneben stand.
Als er noch knarrte, anstößig ich.

Und die Geschichte der Köchin in mir,
wie sie für General Rapp (weil die Franzosen)
jenen knolligen Pilz fein in die Suppe.
Aber er aß nicht.
Nur seine Gäste.
Unter denen Graf Posadovski.
Dessen Stiefel sie später.

Da kommen gelaufen: das Schwein und sein Leder.
Wie gehts? – Auf und ab.
Fünf mal sechs.
Die Unruhe ausschreiten.
Stühle scheuen.

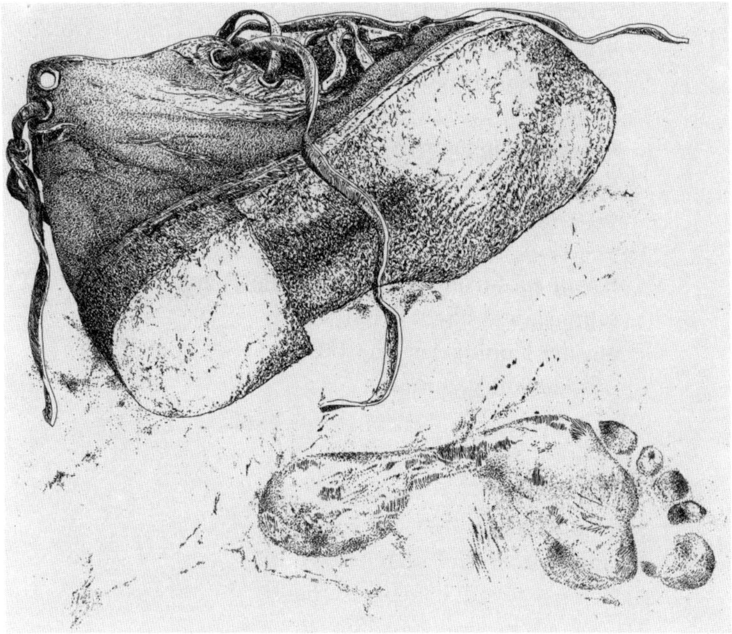

Nicht pfeifen, weil ja kein Wald
und die Angst möbliert.
Den Schuh ermüden.

Oder auf langer Stange rund um den Platz
oder ihm Wurzeln einreden
oder vom großen Auslauf träumen.

Schon auf Strümpfen geh ich dem Faden nach,
sammel, was blieb: Standpunkte
aus der Familie der Kopffüßler:
mittlerweile verkrautet.

Kinderstunde

Dein Vater, Helene, der sich beruflich bücken muß,
sammelt Federn Pilze Geschichten,
in denen Federn geblasen und Kinder,
die in die Pilze gingen, verloren gehen.

Oft, wenn ich Pilze und Federn sammle,
finde ich Wörter, die Richtlinie und Beschluß heißen.
Sie riechen nicht, fliegen nicht,
sind aber gut für Geschichten,
in denen verboten ist, Federn zu blasen,
in denen alles, was Pilz genannt wird,
tödlich, ohne Widerspruch tödlich ist.

Nur noch im Fernsehen dürfen im tiefen Wald
Kinder verloren gehen,
bis eine Feder, die sich in Schwebe hält,
ihnen den Weg zeigt aus der Geschichte.

Jetzt kritzel ich über alles schnelles Gestrüpp,
damit du dich dennoch glücklich verlaufen kannst.

Übers Jahresende in Budissin

Und fand in der Ruine von Sankt Nikolai
über der Spree einen Hinweis in Stein gehauen:
das Kind einer Tochter der Köchin in mir –
sorbischer Zweig.

Privat im Sozialismus.
Wie dünn das Eis trägt,
wo Vergangenheit Türme erhält.
Wir nicht vergessen: eingemauert der Mönch und die Nonne.

Den Dom zweit ein niedriges Gatter.
Simultan, wenn auch durch eigens gesegnete Türen
können Katholen und Evangelen.

Doch draußen der eine sich selbst vergatternde Glaube.
Abseits lastet das Zuchthaus, Gelbes Elend genannt.

Wir wollten dem Kind Spielräume finden.
Ich ging dann doch entlang Gemäuer
alleine ins Neue Jahr.
Über Kopfstein auf Kies: erbrochene Gurken,
Silvestermüll – ein Scherbengericht.

Schöne Aussicht

Mit dem Schrei 10 Uhr 15
hat ein Kind mehr,
kaum abgenabelt,
Gewicht, Länge und seinen Namen,
der nie umstritten auf Lauer lag.

Schon ähnelt wird soll es.
Ein Mädchen mehr
mit dem Spalt,
der offen blieb,
als die Aussicht vernagelt wurde.

Pappi

Flatterherz, kalter Schweiß
und katastrophale Sandkastenträume,
weil immer alles halbfertig knickt.
  Doch sonst ist Pappi in Ordnung.
Abend für Abend gehört Pappi uns.
Nur mittwochs geht Pappi fremd.
Er hat eine Freizeitausrüstung gekauft,
muß Vatertag feiern mit seinen Typen;
auch wenn ihn das ankotzt, sagt er, er muß.
Wie er uns leidtut, manchmal,
wenn er statt Zucker Salz nimmt
und seine Tabletten meint: Knötchen schnüren den Magen.
Es ist auch zuviel, sagt Omi, entschieden zuviel.
Und das seit Ende der Steinzeit, als Zukunft begann:
immerzu strammstehen und Neues schaffen: jawoll!
Pappi vergißt sich jetzt manchmal.
Wir hören ihn seufzen und gucken uns an.
Verständlich, daß Pappi auch mal für sich sein muß.

Pappi weint auf dem Klo
und will nicht mehr, will nicht mehr wollen.
Nichts ist ihm wichtig.
Immerzu hat er Gefühle.
Alles findet er komisch.
Seine Krawatten und die kompletten Spielzeuglokomotiven,
in die er, wie Omi sagt, all seine Liebe gesteckt hat,
hat er dem Roten Kreuz geschenkt.
Pappi schnallt ab; nur Mutti, die donnerstags fremd geht,
spurt noch und spricht zerstreut von Terminen.

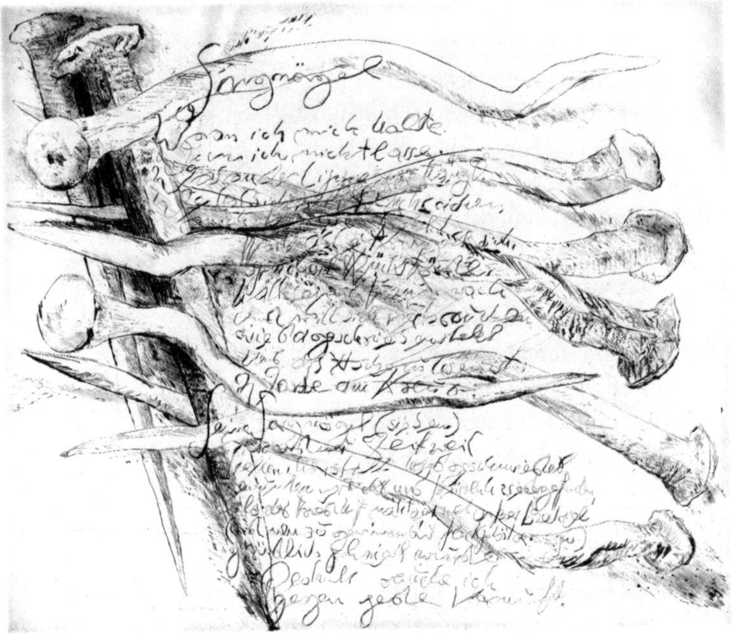
Sargnägel

Torso weiblich

An einem Mittwoch, Helene,
dreieinhalb Wochen nach deiner Geburt,
wurde ein Torso (Bruchstück, das ahnen läßt)
freigeschaufelt und schön befunden.
Man tanzte auf Straßen, rief altgriechisch das Wort.

Das war zwei Wochen vor Ende der Watergatezeit.
Du kannst das lesen später,
wer auf der Insel Zypern
die Ferien störte.
Wie üblich wurden die Toten gezählt:
Türken Griechen Touristen.

Doch die Geschichte schlug um.
Wiedererrichtet soll werden,
was ohne Arm und Bein
immer nur Rumpf gewesen
und den Kopf auf dem Wendehals
über gekitteter Bruchstelle trägt.

Die Demokratie – der weibliche Stein.
Ich sag dir, Helene, kein Mann –
und wäre es Männersache, beschlossen –
könnte ihn heben, verwerfen;

deshalb lächelt er brüchig.

Was Vater sah

An einem Freitag wie heute,
zwischen den Spielen der Zwischenrunde –
Chile schon draußen, Polen liegt vorn –
kam nach Ultraschall und genauem Schnitt
durch Haut, Fettmantel, Muskelgewebe
und Bauchfell,
nach zarter Öffnung der nun
griffig im klaffenden Leib nackten Gebärmutter,
ärschlings und zeigte ihr Semmelchen –
während entfernt Geschichte: die Privilegien
der Lübecker Stadtfischer, welche seit 1188
durch Barbarossa verbrieft sind,
auch von der DDR endlich anerkannt wurden –
endlich durch Zugriff Helene zur Welt.

Geboren – Halleluja – aus Steißlage willentlich.
Ach Mädchen, bald blühen die Wicken.
Hinterm Sandkasten wartet auf dich Holunder.
Noch gibt es Störche.
Und deine Mutter heilt wieder,
klafft nicht mehr,
ist bald wieder zu, wieder glatt.
Verzeih uns deine Geburt.
Wir zeugten – es war Oktober –
nachdem wir Brechbohnen grün,
drauf Birnen gedünstet
zu fettem Hammel von Tellern gegessen hatten.

Ich übersah den Knoten
in deiner Nabelschnur nicht.
Was, Helene, soll nie vergessen werden?

Federn blasen

Das war im Mai, als Willy zurücktrat.
Ich hatte mit Möwenfedern den sechsten tagsüber
mich gezeichnet: ältlich schon und gebraucht,
doch immer noch Federn blasend,
wie ich als Junge (zur Luftschiffzeit)
und auch zuvor,
soweit ich mich denke (vorchristlich steinzeitlich)
Federn, drei vier zugleich,
den Flaum, Wünsche, das Glück
liegend laufend geblasen
und in Schwebe (ein Menschenalter) gehalten habe.

Willy auch.
Sein bestaunt langer Atem.
Woher er ihn holte.
Seit dem Lübecker Pausenhof.
Meine Federn – einige waren seine – ermatten.
Zufällig liegen sie, wie gewöhnlich.

Draußen, ich weiß, bläht die Macht ihre Backen;
doch keine Feder,
kein Traum wird ihr tanzen.

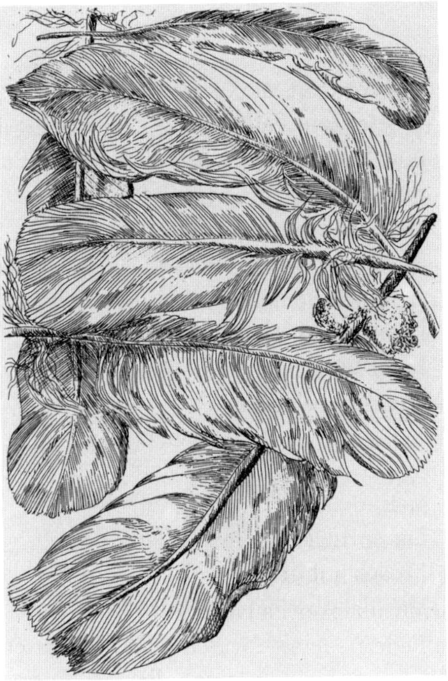

Im Apfelgarten

Verstört und die Glieder vereinzelt.
Wörter und Fallobst.
Nur kurz weichen die Schwalben,
weil die Nato
mit ihrem niedrigen Düsenmanöver
und lassen Federn leicht.

Fürsorge Mückenspray.
Licht überredet
uns außer Haus.

Später, obgleich keine Zeit ist,
schaut eine Kuh unbegreiflich.
Dir springt im Schlaf Maus oder
Frosch auf die Stirn.
Das Fallobst nehmen wir mit.

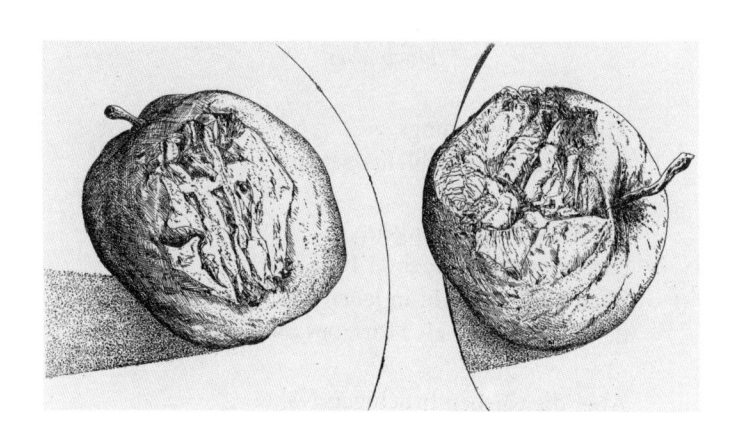

Liebe geprüft

Dein Apfel – mein Apfel.
Jetzt beißen wir gleichzeitig zu:
schau, wie auf ewig verschieden.
Jetzt legen wir Apfel und Apfel
Biß gegen Biß.

Doch aber

Mit Brille neuerdings
mehr Pickel freundlicher sehen.

Im Ausschnitt befangen,
fältchengetreu (begabter für Liebe)
doch ohne Einsicht in jenen Zusammenhang,
den das Gebirge als Horizont diktiert.

Aber die eigenen brüchigen Nähte
sind mir jetzt näher.
Neu und entsetzt
sehe ich meinen Abfall
und wie die Linien wackeln.

Dein Ohr

Gutzureden wahrsagen.
Wollte mich ausgesprochen versenken.
Wollte verstanden sein dumm.
Nur zwischen Gänsefüßchen oder gedruckt
bleigefaßt lügen.

Was keinen Grund findet aber Antwort bekommt:
logische Ketten,
geständiges Flüstern,
die Pause ausgespart,
Sprachschotter Lautgeröll.

In den Wind gehißt,
flattert dein Ohr,
hört sich flattern.

Beim Fädeln spleißen die Wörter danebengesagt.

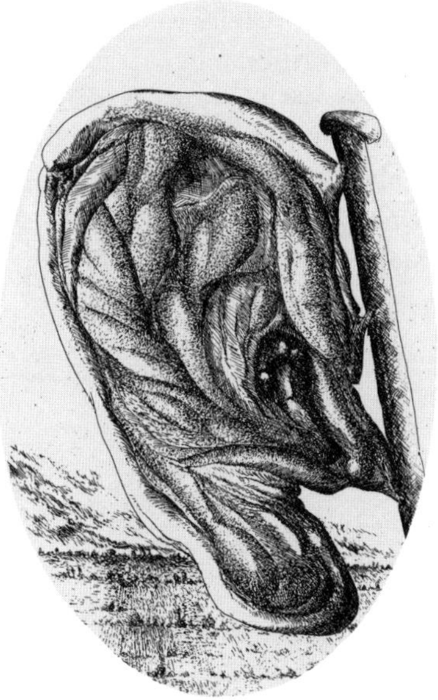

Wie ohne Vernunft

Mein Zufall wirft:
Krabben und Kippen.
Auszählen jetzt,
den Wurf lesen
und deine und meine Hölzchen,
(die abgebrannten)
hier und dort
krisengerecht überkreuz legen.

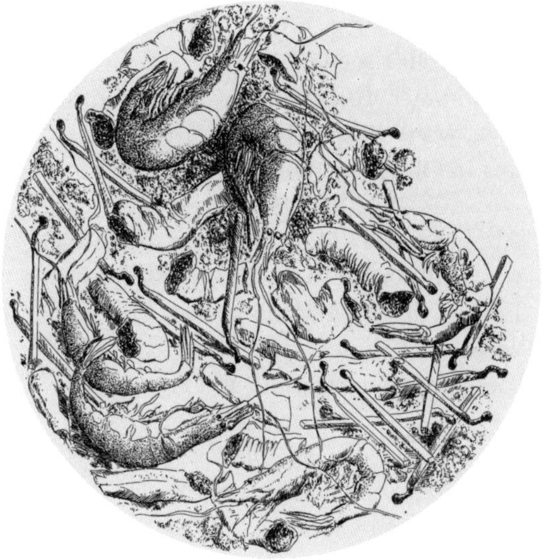

Scenisches Madrigal

Das trennt.
So nah wir liegen,
schwimmen doch Fische von anderen Küsten
dort, wo wir meinten,
uns trockengelegt zu haben.

Ähnlich getäuscht verläuft sich draußen,
was wir (noch immer) Gesellschaft nennen:
Frauen, die ihren Mann stehen,
verheulte Männer,
Tiere ohne Duftmarken und Adresse.

Auf unserer Langspielplatte
streiten (in Zimmerlautstärke)
Tancredi und Clorinda.

Später streicheln wir uns gewöhnlich.

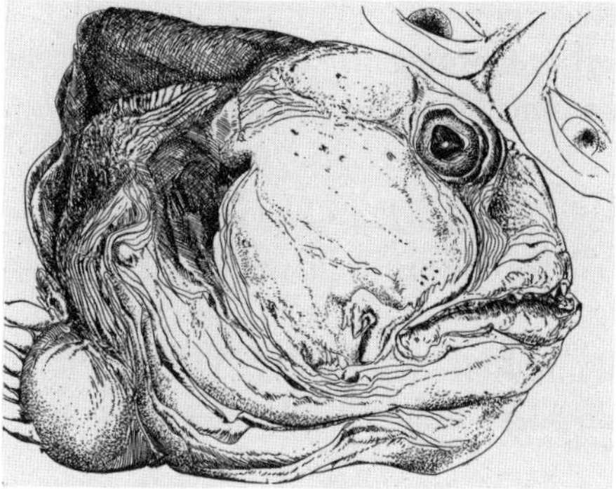

Verzeichnis der Radierungen
Die Numerierung entspricht der im Werkverzeichnis der
Radierungen und Lithographien, ›In Kupfer, auf Stein‹,
Steidl Verlag, Göttingen 1994. Bei den angegebenen Plattenmaßen steht Höhe vor Breite.

5   Großer Butt, 1977 (Nr. 111)
    Ätzradierung mit Aquatinta auf Kupfer, 44 × 33

9   Aal und Euter II, 1974 (Nr. 86)
    Kaltnadelradierung auf Kupfer, 50 × 40

13 Kuß II, 1975 (Nr. 93)
    Kaltnadelradierung auf Kupfer, 45 × 33

17 Gestillt, 1974 (Nr. 84)
    Kaltnadelradierung auf Kupfer, 40 × 50

23 Butt in Sand gebettet, 1977 (Nr. 104)
    Ätzradierung auf Kupfer, 26 × 44,5

24 Butt II, 1977 (Nr. 105)
    Ätzradierung auf Kupfer, 33 × 40

25 Kopf und Gräte, 1977 (Nr. 109)
    Ätzradierung auf Kupfer, 30 × 45

26 Als das Märchen zu Ende war, 1977 (Nr. 110)
    Ätzradierung auf Kupfer, 38 × 38

29 Bitterlinge, 1978 (Nr. 131)
    Ätzradierung auf Kupfer, 36 × 42

33 Kuß I, 1974 (Nr. 83)
    Kaltnadelradierung auf Kupfer, 50 × 40

37 Ein Griff Möhren, 1977 (Nr. 113)
    Ätzradierung mit Aquatinta auf Kupfer, 40 × 50

43 Federn blasen, 1974 (Nr. 75)
    Ätzradierung auf Kupfer, 19 × 20

47 Frau mit Fisch, 1973 (Nr. 57)
    Ätzradierung auf Kupfer, 16 × 30

51 Gänsekopf III, 1977 (Nr. 119)
    Kaltnadelradierung auf Kupfer, 24 × 16,5

53 Rotbarsch, Steinbeißer und Gelber Lenk, 1974
    (Nr. 73)
    Kaltnadelradierung auf Kupfer, 40 × 50

65 Mit Sophie in die Pilze gegangen, 1974 (Nr. 90)
    Kaltnadelradierung auf Kupfer, 20 × 25

67 Butt über Land, 1978 (Nr. 132)
    Ätzradierung auf Kupfer, 25 × 37

69 Pilze besehen, 1974 (Nr. 87)
    Kaltnadelradierung auf Kupfer, 25 × 20

71 Fruchtbarer Pilz, 1974 (Nr. 68)
    Ätzradierung auf ausgesägtem Kupfer, 20 × 12

75 Kartoffelschalen – Die Nabelschnur, 1975 (Nr. 92)
    Kaltnadelradierung auf Kupfer, 28 × 45

79 Der Aal, den ich Ilsebill schenkte, 1976 (Nr. 99)
    Ätzradierung auf Kupfer, 30 × 40

81 Mann im Butt, 1978 (Nr. 133)
    Ätzradierung auf Kupfer, 40 × 52

83 Das Schwein und sein Leder, 1973 (Nr. 55)
    Ätzradierung auf Kupfer, 40 × 50

85 Unterwegs, 1974 (Nr. 60)
    Ätzradierung auf Kupfer, 33 × 40

91 Sargnägel, 1977 (Nr. 114)
    Kaltnadelradierung auf Kupfer, 33 × 40

95 Fünf und eine Feder, 1974 (Nr. 64)
    Ätzradierung auf Kupfer, 20 × 14

97 Liebe geprüft, 1974 (Nr. 66)
    Ätzradierung auf Kupfer, 16 × 30

99 Mit Brille neuerdings, 1974 (Nr. 67)
    Ätzradierung auf Kupfer, 16 × 20

101 Ohr im Wind, 1974 (Nr. 69)
    Ätzradierung auf ausgesägtem Kupfer, 24 × 16

103 Kippen und Krabben II, 1974 (Nr. 70)
    Ätzradierung auf ausgesägtem Kupfer, ⌀ 20

105 Scenisches Madrigal, 1974 (Nr. 71)
    Ätzradierung auf Kupfer, 15 × 20

Quellen

Auslieferung der Druckgrafiken von Günter Grass durch:
Maria Ramer, Kurfürstendamm 35, 10719 Berlin.

Die Radierungen ›Fruchtbarer Pilz‹, ›Liebe geprüft‹, ›Mit Brille neuerdings‹, ›Ohr im Wind‹, ›Kippen und Krabben II‹, ›Scenisches Madrigal‹ sind erschienen in: Portfolio ›Liebe geprüft‹, 7 Radierungen und Gedichte von Günter Grass, 38 × 35,5 cm. Edition Bremen – Carl Schünemann Verlag, Bremen 1974.

Die Gedichte S. 6 bis 82 aus: Günter Grass, Der Butt, Roman, Luchterhand Verlag, Darmstadt und Neuwied 1977. © Steidl Verlag, Göttingen 1995.
Weitere Gedichte aus der Zeit der Entstehung des ›Butt‹: ›Mein Schuh‹: Erstdruck; ›Kinderstunde‹, ›Übers Jahresende in Budissin‹, ›Schöne Aussicht‹ zuerst in: Jahrbuch für Lyrik 3, herausgegeben von Günter Kunert, Das Gedicht 8, Königstein/Ts. 1981; ›Pappi‹ zuerst in: Literaturmagazin, Bd. 3: Die Phantasie an die Macht. Literatur als Utopie, herausgegeben von Nicolas Born, Reinbek b. Hamburg 1975; ›Torso weiblich‹, ›Was Vater sah‹, ›Federn blasen‹ zuerst in: Merkur. Deutsche Zeitschrift für europäisches Denken, 2/1975; ›Im Apfelgarten‹, ›Liebe geprüft‹, ›Doch aber‹, ›Dein Ohr‹, ›Wie ohne Vernunft‹, ›Scenisches Madrigal‹, ›Fortgezeugt‹ zuerst in: Portfolio ›Liebe geprüft‹, 7 Radierungen und Gedichte von Günter Grass, 38 × 35,5 cm, Edition Bremen – Carl Schünemann Verlag, Bremen 1974.

Inhalt

Worüber ich schreibe	6
Aua	8
Arbeit geteilt	10
Vorgeträumt	11
Fleisch	12
Was uns fehlt	14
Gestillt	16
Doktor Zärtlich	18
Demeter	19
Wie ich mich sehe	20
Am Ende	21
Streit	22
Helene Migräne	27
Manzi Manzi	28
Wie im Kino	31
Ilsebill zugeschrieben	32
Mehrwert	34
Wie ich ihr Küchenjunge gewesen bin	35
Drei Fragen	38
Zuviel	39
Esau sagt	41
Geteert und gefedert	42
Aufschub	44
Hasenpfeffer	45
Die Köchin küßt	46
Leer und alleine	49
Runkeln und Gänseklein	50
Bei Kochfisch Agnes erinnert	52
Spät	54
Kot gereimt	55
Unsterblich	56

Klage und Gebet der Gesindeköchin Amanda Woyke	57
Übers Wetter geredet	60
Am Hungertuch nagen	61
Alle beide	62
Zum Fürchten	63
Sophie	64
Hinter den Bergen	66
Auf der Suche nach ähnlichen Pilzen	68
Fortgezeugt	70
Lena teilt Suppe aus	72
Alle	74
Bratkartoffeln	76
Verspätet	77
Wortwechsel	78
Mannomann	80
Mein Schuh	84
Kinderstunde	87
Übers Jahresende in Budissin	88
Schöne Aussicht	89
Pappi	90
Torso weiblich	92
Was Vater sah	93
Federn blasen	94
Im Apfelgarten	96
Liebe geprüft	97
Doch aber	98
Dein Ohr	100
Wie ohne Vernunft	102
Scenisches Madrigal	104
Verzeichnis der Radierungen	106
Quellen	109

GÜNTER GRASS BEI STEIDL

Günter Grass
Ein weites Feld

Berlin 1989, Wendezeit. Theo Wuttke, einst Vortragsreisender im Dienste des Kulturbunds, nun Aktenbote im Haus der Ministerien, und sein »Tagundnachtschatten« Hoftaller, Agent und Spitzel in wechselnden Diensten, tauschen im Paternoster des pompösen Treuhand-Gebäudes Akten und Erkenntnisse aus. »Wir können auch anders!« heißt Hoftallers Zauberwort, wenn Wuttke nicht will. Zwei alte Männer, die eines gemeinsam haben: Beider Erinnerungen reichen über große Distanzen, beide leben Vorgängern nach, beiden ist Vergangenheit so nahe und gegenwärtig wie die sich überstürzenden Tagesereignisse. Deutschland zwischen Mauerfall und Vereinigung, zwischen Jubel und anhaltendem Katzenjammer: In seinem weit ausgreifenden neuen Roman beschreibt Günter Grass diese Spanne aus überraschender Sicht.

784 Seiten, Leinen, DM 49,80
Steidl Verlag · Düstere Str. 4 · D-37073 Göttingen

Editionsplan Günter Grass kostenlos anfordern!